U0062318

O ÚLTIMO VOO DO FLAMINGO

米亚·科托作品选

火烈鸟最后的飞翔

［莫桑比克］米亚·科托——著　张晓非——译

GUANGXI NORMAL UNIVERSITY PRESS
广西师范大学出版社
· 桂林 ·

火烈鸟最后的飞翔

HUOLIENIAO ZUIHOU DE FEIXIANG

著作权合同登记号桂图登字：20-2023-061 号

图书在版编目（CIP）数据

火烈鸟最后的飞翔 / （莫桑）米亚·科托著；张晓非译. --
桂林：广西师范大学出版社，2023.9
（米亚·科托作品选）
ISBN 978-7-5598-6213-6

Ⅰ．①火… Ⅱ．①米… ②张… Ⅲ．①长篇小说－莫桑
比克－现代 Ⅳ．①I471.45

中国国家版本馆 CIP 数据核字（2023）第 129165 号

广西师范大学出版社出版发行

（广西桂林市五里店路 9 号 邮政编码：541004）

网址：http://www.bbtpress.com

出版人：黄轩庄

全国新华书店经销

北京汇瑞嘉合文化发展有限公司印刷

（北京市北京经济技术开发区荣华南路 10 号院 5 号楼 1501

邮政编码：100176）

开本：889 mm × 1 194 mm 1/32

印张：8.375 字数：150 千

2023 年 9 月第 1 版 2023 年 9 月第 1 次印刷

定价：56.00 元

如发现印装质量问题，影响阅读，请与出版社发行部门联系调换。

致若阿娜·坦贝和若昂·若昂奇尼奥，感谢你们如泣如祷的故事

目　录

是我，白纸黑字，用葡萄牙语写下了这些话。如今，我仍然能听到这些源自热血的声音，仿佛那份怀想，并非来自记忆，而是发源于躯体的最深处。这是作为一名目击者的代价。这些事件发生之时，我的身份是蒂赞加拉行政部门的翻译。我亲历了在此讲述的一切，听取供述，阅读证词。受良知驱策，我在纸上坦陈所有。我被指控撒谎，伪造谋杀案的证据。制造谎言这个罪名我不能接受。然而，只有尚未诞生的词语，才能叙述、描摹那所有的往事。此刻，为你们讲述一切，是我唯一的心愿。我迫切需要从这些回忆中解脱，就像杀人犯想要逃离受害者的躯壳。

　　那是战后的最初几年，人们本以为暴力会连绵不休，然而，与此相反，事实上似乎一切进展顺利。联合国维护和平进程的士兵已经进驻，带着军人惯有的骄横不逊。这帮可怜的家伙，自以为是边境线上的主人，可以奏出和谐之音。

　　蓝盔部队，一切始于他们的到来。爆炸了。是的，这些士兵遭遇了不幸。简单说来，他们的身体开始爆炸。今天炸一个，明天又炸一个。累计共有五名遇难者。

现在，我要问：果真一切都炸掉了吗？这里缺少一个合适的动词。因为，在一场爆炸中，总会有一些物质残存下来。而在这些事件中，并无一星半点残骸留下。事实就是，原有的血肉之躯灰飞烟灭。这些维和士兵死去了吗？是被谋杀了吗？请踏入这字里行间，随着我来找寻答案吧。

署名：蒂赞加拉的翻译

被爱之人于泪水中重生，

被遗忘之人于血光里再现。

———蒂赞加拉谚语

第一章
一根掉落的硕大阳具

第一章　一根掉落的硕大阳具

世界并非"已存在"，

而是"已发生"。

——蒂赞加拉谚语

事实如下，赤裸而生猛：在国家公路的路面中央，蒂赞加拉镇的入口处，赫然出现了一根被斩断的阴茎。这根掉落的阳具硕大无朋。居民们闪现在路上围观这个物件。所有人都出动了，从四面八方赶来。人们围着这东西站成一个圈，渐成里三层外三层之势。我也到了，站在后排，更加便于观察，却不显眼。有人告诉我，在后面可以一览无遗，同时最不被人注意。俗话说得好："如果有针坠落井中，围观者众，捡捞者寡。"

在我们的镇子里，从未有"事件"发生。在蒂赞加拉，"事实"都如超自然现象般不可求证。因此，针对"事实"也总是不乏证据。于是，各种消息不胫而走，无人置身事外。整整一天，人们兴致勃勃，传言四起；有人指出疑点，有人下达命令：

——谁能把……那东西捡起来吗，不然它就被撞击了。

——撞击还是撞鸡？

——可怜啊，那家伙命根子废了！

人群一片骚动，赶巴扎①一般热闹着。忽然，有人一抬头，呆住了，只见天空中悬挂着一顶蓝色贝雷帽。

——快瞧啊，那里，树梢上！

那是一顶联合国士兵所戴的帽子。它高悬于梢头，正随着肆意的微风悠悠晃晃。贝雷帽的身份被确认了，这一刹那仿佛一把利刃，将窃窃私语声拦腰截断。立刻，马上，人们的脸上写着事不关己。蹚这浑水，没必要啊！转瞬之间，人群四散。有人感叹，原来什么事也没有发生，什么东西也没有看到，并开始顾盼言他：

——马上要下雨了，这阵风刮得好啊。

——是啊，赶紧忙自己的为妙。

——说得对，走吧！

于是作鸟兽散，溃不成军。滚烫的沥青路面上，孤零零地躺着那根被遗弃的器官。枯枝上悬着那顶肩负着和平使命

---

① 巴扎：波斯语，意为集市、农贸市场。

的帽子，只有轻风环绕着它。蔚蓝之上的一抹蔚蓝。

只有我留在原地，一个人。一种奇怪的预感袭来。我心中像扎进了一根刺。我，这么说吧，从酸涩的醋液中辨识出了腥苦的胆汁。眼前这一幕不是结局，而只是序曲。此刻，寂静落下，浮现出晦暗预兆的先声。就在这时，一个声音突如其来，我吓了一跳，只听有人气喘吁吁地呼喊：

——有人找你！

——找谁？我吗？

这位信使我可一点儿也不陌生——镇上行政长官的助理，叫作舒班嘎。一个奴颜媚骨、卑躬屈膝之徒——俗称"马屁精"。就和所有的溜须者一样：对上曲意逢迎，对下趾高气扬。这家伙装作并不认识我，保持着一副高高在上的表情。我还试图和他握一下手，然而他决定节省时间。驴子一旦有狮子的威风可假，便不屑与马为伍了。

——会讲流利外语的人，不是你吗？

——是的，我会一些外语。

——地方性的语言还是别的国家的？

——都有。通天大邑或是穷乡僻壤的语言都会一些吧。

信使先生脚蹬一双时兴样式的军靴，此时他将鞋跟对磕了一下。短促的声音进入耳鼓，听上去却仿佛是一记警钟。

似乎一个天使从周遭的空气中逃逸了。是的，确实如此。天使们能看到尚未发生之事。正是在这一刻，问题开始出现，我的命运也走到了一处歧路，前方注定扑朔迷离。我的意识之外，舒班嘎的声音犹在坚持着：

——*尊敬的长官想要见你。*

"尊敬的长官"就是行政长官。这类命令是毋庸置疑的。我们只需听到，沉默，然后，装聋作哑，服从。甚至没有必要诉诸勇气。这世上可有人是先长出牙齿，再生出嘴唇的？一个地方愈小，服从的力量愈大。

于是，过了一会儿，我直接、径直地走到了镇子的行政中心。这是一幢殖民时代的旧建筑，然而其精神已得到净化——根据信仰的需求，巫师们已经对这座庞然大物做了法。此时长官的声音传来，短促，尖厉：

——*进来，我的朋友。我们需要你的帮助。*

伊斯特望·若纳斯，镇上的行政长官，身材和整扇门一样宽。此刻，他的脸上愁苦欲滴，用一块白手帕来回擦拭着额头。一台发电机的噪声回荡在房间里，他只好扯着嗓门喊：

——*进来，我的同志……我是说，我的朋友。*

我进去了。屋子里要清凉得多。天花板上，一台吊扇在搅动着空气。我和镇上的人都知道，若纳斯长官将医院里的发电机"请"了出来，用作他的私人服务设施。埃尔梅琳达太太，他的夫人，将护士站里的公共设备也尽数搬出：冰柜、灶炉、床。甚至有人在首都的报纸上指控他们滥用权力。若纳斯微微一笑：他没有滥用；是其他人根本就不掌握任何权力而已。随后重复了一遍谚语："羊拴在哪儿，就得吃哪儿的草。"

——我让人把你请来，是因为我们必须得紧急行动了。

行政长官声音沙哑。这番疲态自有其原因——一个官方代表团即将抵达。他们来调查那个掉落的性器官。代表团里有人来自本国政府，也有人来自外国政府。就连联合国也要来人。他们来调查那个掉落的性器官，当然，还有其他那些蓝盔战士消失的事件。蒂赞加拉镇史上从来没有接待过这么多显要大员。行政长官伊斯特望·若纳斯用手指着我，声音都颤抖起来：

——我命令你，立刻，就任官方翻译一职。

——翻译？但是翻译成什么语？

——这不重要。任何一个像样的政府都有自己的翻译。你，就是我的私人翻译。懂了吗？

我没有懂，但我已经明白，在蒂赞加拉，没有事情需要被懂得。我清清嗓子，还试图提出异议，这时埃尔梅琳达太太——行政长官的夫人进来了。作为"第一夫人"，她远近闻名。她瞥了我一眼，似乎我称不上是个人。她开口了，带着对全世界进行施舍的口吻：

——听说要来一个意大利人做调查。你会说意大利语吗？

——我不会。

——好极了。意大利人也从来不说意大利语。

——但是，不好意思，长官先生，我需要翻译成什么语呢？

——英语、德语，任何一种。不用紧张。

行政长官夫人又开始滔滔不绝，仿佛她的丈夫不存在一般。她摇头晃脑，缠头布和长袍都跟着震颤。埃尔梅琳达宣称她的着装是非洲传统服饰。然而我们是非洲人，土生土长，从来也没有见过这种服装搭配。此刻，她重申道：

——我，埃尔梅琳达，希望他们知道，我们，在蒂赞加拉，也有同声传译。

她翘起兰花指，整理了一下饰物，她全身亮闪闪的，比土星的光环还耀目。她转向丈夫，想知道是否叫了文化团体过来。

——文化?

——是的, 那些跳舞的。

——他们不会来的。不给钱不来。

——怎么, 如今在这地方, 已经没有人出于热爱做事了吗?

第一夫人还想知道, 老百姓们是否还在公路上扎堆。因为她想对事发地进行一次官方访问。她的丈夫有些不悦, 问道:

——你要去那个地方吗, 埃尔梅琳达?

——我要。

——你知道那儿有什么东西吗, 被扔在地上, 就在大路中间?

——我知道。

——我觉得不好, 你这样地位的女人……还是在众目睽睽之下。

——我要去, 但不是作为埃尔梅琳达。我要以第一夫人的身份正式探访。所以, 你快命令那些人离开。

——可是我怎么才能驱散人群呢?

——我没告诉过你, 需要买个警灯吗? 在首都, 高官们出行不是都有警灯开道?

火烈鸟最后的飞翔

　　她扬长而去，带着女王般的强大气场。跨过门槛时，满头小辫儿一甩，金银配饰叮当作响，粗脖子上挂的层层叠叠的项链也不遑多让，余音绕梁。

第二章
调查任务

此刻不能开花结果的，来日必将加倍爆发。

——蒂赞加拉又一谚语

　　镇上挤得密不透风，像捅了蚂蚁窝。据称，那个无比重要的调查团马上要从首都出发，成员不仅包括本国的士兵，还有来自联合国的官员，以及国际部队的将军这样的大人物。与外国军人同行的还有一位非政府部门的部长级高官，以及相关政府部门的头头们。那个意大利人马希姆·利斯也在其中，他的头衔不是很高，将会在蒂赞加拉常驻一段时间。

　　我已经到了广场，跻身于地方行政官员的队伍。我们有幸代表当地，组成欢迎团队。行政长官伊斯特望·若纳斯又开始紧张起来。他不停地下达并修正着命令，活脱脱一个无事忙。

　　——向前看——齐！

他反复下着口令，指挥我们整队。

即使在慌乱之中，他还是保持着高傲的姿态，挺胸叠肚，比拖着翅膀曳步的鸽子还要神气。他的皮肤显出更加黝黑的色泽，额头闪着亮光。

——把我们的标语分下去，我们昨天送去做的那些。

——还是不要了吧，长官阁下。

——为什么？

——仓库里的墨消失了。

——布呢？

——布没有消失。布被偷了。

这尴尬的一幕里，忽然又踱进来一只长着斑点的山羊，与庄严的场合极不协调。行政长官从牙缝里挤出几个字：

——这山羊是谁？

——谁家的……

秘书小心翼翼地纠正道。

——是的，这臭家伙是谁家的？

——这山羊不是您家的吗，长官阁下？

将这只畜生拉走的命令下晚了点儿，警笛声已经回荡在广场上空。眨眼间，尘土挟裹着噪声动地而来，一个车队迅速占领了广场。突然，一声刺耳的刹车，伴随着一记闷响，是汽车撞到一具躯体的声音。是那只山羊。它飞了起来，似一只毛茸茸的鹤，随后直挺挺地落在旁边的便道上。它没有立刻死去，躺在那里，身体蹭来蹭去，留下一块块血污，努力向世界发出最后的哀号。一只羊角被撞飞了，打在行政长官的助理舒班嘎身上。他捡起这只脱落的羊角，将它递给行政长官。

——长官阁下，这是您的。

伊斯特望·若纳斯怒火中烧，将羊角狠狠地掷在地上。他一把扯过我的胳膊，下达了一道残忍的密令：

——去那边，把那只婊子养的山羊给老子结果了。

我无法遵命。来访者们已经从车里下来，神情庄重，行政长官惊慌失措，重复着不合时宜的口令：

——向前看——齐！

群众听到口令立即执行，几乎排成了一路路纵队。广场上就像在排练一场军方仪式。伊斯特望·若纳斯开始进入介绍环节。然而，他的声音被断断续续的羊叫声切断。

——这位是……

——咩——

来自敌人的意识形态层面的破坏，这是后来行政长官对此搅局的声音做出的定性。不然，还能有谁，会试图干扰这庄严盛大的一刻？然而，此时此刻，他只有故作轻松，抖抖尘土，站得笔直。部长掌控了局势，他颁布了政令：

——*我们去事发现场看一下。*

周围水泄不通。目睹了如此一个豪华阵容，聚集的人们震撼不已。这一切都是那个雄性器官招来的，还会发生更多的类似事件吗？这成百上千人中有不少蒂赞加拉人。看到我与达官显贵们站在一起，一些人莫名惊诧——我不是曾经分享过他们锅中的食物，借用过他们的炉灶吗？另一些人对我点头致意，带着临时拼凑的尊敬，毕竟，我不是一个能呼风唤雨的人。

新来的大人物们挤出一条路，来到事发地点，已经没有安全可言。他们混在人群之中，分辨不出来谁是谁。埃尔梅琳达太太挨着她的丈夫，对他耳语道：

——*你看到警笛了吧？你不能和他们说一下，让给我们留下吗？*

那些外国人也很紧张，用手捂着挂在胸前的相机，以免被哪个冒失鬼冲撞。人群一片混乱，推推搡搡之际，还听到行政长官在发号施令：

——*向前看——齐！*

终于，所有人都到达了公路边，那个身份不明的生殖器静静地躺在那里。人们围成一个圈，寂静如锁。一片沉默，似乎在致以悲切的哀悼。至于这个器官是如何扛过了那么久的时间，没有被昆虫们搬运走，就需要调动想象力了。

中央政府的代表揉了一会儿空空如也的衣服口袋，咳嗽了一声，终于提了一个抽象的问题：那个东西，在公路的正中间，应该被称为一个器官呢，还是机体？如果是一个器官，如此孤零，畸零，又是从谁的身上切下来的呢？这问题立刻激起了不着边际的讨论。飞扬的声浪惊散了沉默。最后，地方行政长官提出了建议：

——恕我进一言，尊敬的长官阁下们，我们把安娜·上帝保佑叫过来，如何？

——什么，那个安娜，是什么人？

部长先生询问道。

七嘴八舌的声音响起：

——怎么能不认识上帝保佑小姐呢？她呀，是镇上的妓女，对当地的男人最是了如指掌。

——妓女？你们这里已经有这个了？

行政长官胸中充盈起自豪，小声念叨着：

——是去中心化，部长先生，是地方性创新推广！

他又骄傲地重复着：

——我们的安娜!

部长先生仍然认为,这种增长的热情应该降降温:

——我们的? 怎么讲……

但是行政长官已经打开了话匣子,如扬帆之船,越行越远。他接着补充:这个安娜可是集千种邪性于一身的尤物,术业有专攻的艺术家,就像是一辆动力强劲的敞篷车。除了她,还会有谁,能够准确无误地辨认这个器官的身份? 还有谁,更能胜任这种非法医学鉴定的专家一职?

——您懂了吗,部长阁下? 我们叫安娜·上帝保佑过来,让她从局部出发,鉴别整体。

——从局部出发?

——从……那个东西,嗯,我指的就是我们现在要破的案子。

他随即火速下达命令,拿出了军人的姿态,不能让那些外国人觉得光打雷不下雨,锤子没有柄:

——助理先生,去把安娜·上帝保佑叫来。

信使拔腿要走,突然停住,折返回来,大声问道:

——对不起,长官阁下,我去哪里才能找到这位应召女士呢?

伊斯特望·若纳斯咳了一口痰出来,脸红脖子粗的。可不是嘛，他，凭什么一定会知道这样一位人物的居所？他叫助理走过来，低声吼道：

——*蠢驴！去你知道的上次那个地方。*

这次的命令被执行得如行云流水。行政长官转脸看到了我，对我下令：

——*翻译一下，给利斯先生翻译一下！*

——*没必要啊，他都听懂了。*

——*至少做个总结。借这个机会介绍一下……嗯，解释一下我们的上帝保佑小姐是谁。*

已经没有时间了。虽然没有警笛的加持，安娜·上帝保佑的到来似乎比代表团的光临还要让此地蓬荜生辉。这女人穿着清凉，身体大幅暴露。高跟鞋踩在沙地上，颇具穿透力，就好比那些牢牢盯住她玲珑曲线的目光。众人都望向她，仿佛她是一个外星人。镇上以前并没有妓女，甚至没有一个当地的语汇可以称呼这种造物。总之，安娜·上帝保佑就是兴奋和惊叹的源泉。

当搞明白是官方有约，这女人表示抱歉。舒班嘎黏糊糊地贴在她耳朵上，简明叙述了一番当下的形势。原来，这次被召来，并非为做出常规的贡献。安娜拿腔捏调，表示对此颇感惊讶。之后，她提高声音，将柔媚之态打了点儿折扣。

说到底，她并非顺道而来。这不简直是浪费天赋吗？女人抬手拂了拂假发，叹息道：

——*我去！我还以为是一次应召服务，有加急费的。*

她爆发出一阵玩世不恭的大笑。随后，凑到行政长官夫人跟前，挑战似的打量着她。女人目测了一下身高，又做不屑比较状。究竟，哪一位，更像第一夫人呢？下颌轻扬，似笑非笑，她开口了：

——*我们的第一夫人，你还好吗？*

埃尔梅琳达太太用眼神啐了她。她的丈夫想支开她，以免生出是非。

——*回家去吧，夫人。*

——*她最好留下哦。*

妓女纠正道：

——*我们可以一起去瞧瞧那场事故的遗迹。也许她能帮助确认那个玩意儿，谁知道呢？*

紧张的局面没有得以继续。因为那些制服笔挺的外国人围到了妓女身边，立刻闻到了她身上刺鼻的香味。不知是出于对工作的热忱，还是纯粹的好奇，代表团对她颇感兴趣。他们请她出示与从业有关的证明文件：简历、参加可持续发展项目的证明与社区相关的工作证明。

——你们是在怀疑我吗？我是合法的娼妓，可不是那些普通的做皮肉生意的。和我睡觉的人甚至包括……

——说点儿别的，说点儿别的。

部长先生打断了她，随即展开了一大段空泛的论述，比如预测雨水、公路的糟糕状况，以及一些鸡毛蒜皮。

安娜·上帝保佑一一接话作答，眉飞色舞间，眼睛一直盯在意大利人身上。答完之后，她凑到马西姆·利斯的耳朵边，说起悄悄话。内容不得而知，人们只看到那位白人先生的脸红一阵、白一阵的，一直沉着面孔。

接下来，那妓女转过身去，靠近躺在公路上的那个不明物件。那东西有些面目全非，像条软绵绵的虫子瘫在地上。她端详了一会儿，蹲下去，用一根小棍将那东西翻转过去。人们在安娜·上帝保佑身边围成一个圈，目光充满期待。大家都没有说话，直到当地警察局长打破了沉默：

——这东西是从某个男人身上切下来的吗？

——这东西，按照先生您的称呼，这东西不属于本地的任何一个男人。

——你确定？

——确定无疑，百分之百。

鉴定完毕，安娜·上帝保佑两手一拍，将烫过又拉直的头发一甩，像个女王一般。部长将联合国的代表叫到一旁，两人开起小会：

——我得抱歉地告诉您，我觉得又是一桩那种案子……

——哪种案子？

那个外国人问道。

——那些爆炸……

——不会吧，我不想再听到这样的事！

——我得告诉您，这又是一桩爆炸案。

——别和我说那些见鬼的爆炸了，不好意思，不过这真是令人作呕。

——但是我，作为部长，我接到了情报……

——听好了，已经失踪了五名士兵。五名！我必须要给我纽约的上司写报告，我可不想听故事或者什么神话传说。

——但是我的政府……

——你的政府得到了很多。现在是你们要拿出东西作为交换。我们需要一个令人信服的解释！

紧接着他代表全世界提出了要求：需要一份双语报告，提出预算，并且立刻结案。这位使团长官口沫横飞：

——已经是太过分了！五个，带这个六个！

六个联合国的士兵人间蒸发，没有留下任何线索，只有流言蜚语，如河水般流淌。那些外国士兵们怎么可能就这样无影无踪了，他们在非洲的腹地化为尘土、归于虚无了吗？

部长先生苦着脸回答：

——好的，我去和那个婊……那个妓女说一下。

——去吧，和她谈谈。我需要的是澄清事实。听好了，全程录音。我不想听信口开河，我听够了民间传说。

——但证词都是彼此一致的啊：士兵们死于爆炸！

——爆炸？没有地雷、手榴弹、炸药，是怎么做到爆炸的？别给我听聊天。我要你们全程录音，用这个。

他递上一个录音机和一盒磁带。一片死寂。为了做出顺从的表象，部长拿手指拨弄着机器的按钮。突然，录音机里传来一首乐曲，劲爆的旋律搅动着空气，人们立刻扭动身躯，跳起舞来。眨眼之间，世界顿时变成了一个盛大的舞会。部长先生尴尬万分，手忙脚乱，费了些工夫才止住了这场闹剧。音乐声消失了，还有几对在兀自转着圈。远处，传来那只山羊逐渐微弱的呻吟声。

——这又是什么声音？

一位大人物问道。

——不是什么，是孩子们在模仿……嗯，在瞎闹着玩儿呢。

行政长官忙不迭地解释。

联合国的负责人看上去活像一条从鼻孔向外喷火的龙。他望向天空，仿佛在吁求上天的理解。他叫来马西姆·利斯，迅速下达了最终指示，随后钻入宽敞的吉普，狂怒地摔上车门。然而车子却没能发动：是司机紧张，还是电池电量不足？咔嗒咔嗒，马达不停地做着徒劳的尝试。全世界的代表坐在紧闭的玻璃窗后，期待有人能慷慨地搭上一把手。

但是人们没有赶上前推车的意思。那个外国人将额头抵在车窗上，没有勇气开口求助。几分钟过去了。国际顾问的脸上滚落一串汗珠，比缓慢流逝的时间还要汹涌一些。

还是安娜·上帝保佑抬手打了个响指。一秒钟不到，十几双手伸到了吉普车后部。人群卖力推车的同时，这位妓女摆出一副名画的姿势，双手放在大腿上。她满脸骄矜，望着代表团渐行渐远，连一个告别的手势都没有留下。待到尘埃落地，她又朝公路那边瞥了一眼。她确认马西姆·利斯留在了镇上，此刻正和一群头目在一起。安娜·上帝保佑凑到他身边，说道：

——莫桑比克人成千上万地死去，从来没见你们来过。现在，五个外国人失踪了，就是世界末日了，对吗？

意大利人哑口无言。安娜·上帝保佑靠在他身上，媚态百出，承诺会帮他搞个水落石出。比方说，根据对那个残余器官的观察，她可以透露一个秘密。她问外国人，有没有注意到那东西的尺寸。果不其然，她揭秘道：

——*那边那个家伙，性别为雄，不，熊性。*

妓女爆发出一阵大笑，弹了弹一绺假发上并不存在的灰尘。

第三章
一个长着鳞片的女人

第三章　一个长着鳞片的女人

想念一段时光？

我想念的是没有时光之时。

——蒂赞加拉谚语

来客们在镇上被安置了下来：部长先生住到了地方长官的家里，联合国代表住进另一处居所。但是意大利人选择了当地的旅馆。他想保持独立性，脱离地方当局搭出的条条框框。我接受了命令，去做他的跟班狗。我住进了旅馆的另外一个房间，在他隔壁，为了办事方便。

马西姆·利斯拒绝我为他搬行李，自己跟跟跄跄地拖着，在一片破破烂烂中穿行。一群孩子跟在他身后讨要着零食：

——*糖果，老板，给点儿糖果。*

我毕恭毕敬地跟在后面，悄悄打量着这位外国人，就好像从背后能看穿他的心！欧洲人走路的时候，就像在请求全世界借借光。他们小心翼翼地踩在地板上，然而，奇怪的是，发出的动静可不小。

终于，我们到了旅馆。门庭的墙壁上还留着枪战的痕迹。弹孔和铁锈一样，永远不会褪去。那些孔洞看上去新崭崭的，简直让人瑟瑟发抖，似乎战争还活生生地就在眼前。门框上方写着"玛尔特罗·朱纳斯旅馆"的招牌幸存了下来。

马西姆战战兢兢地摸进昏暗的大堂。似有一千双眼睛惊讶地盯着这个进入旅馆的白人。他站到覆盖着旧报纸的前台处，开口问道：

——您能告诉我，这家旅店是几颗星吗？

——什么？星？

服务生以为这位先生不太懂标准的葡萄牙语，带着恭顺的微笑说道：

——*尊敬的先生，我们这里，在这个时间，看不到星星。*

外国人回过头，用求救的眼神看向我。我上前一步，解释了这位客人的意愿：他想了解旅店的设施条件。服务生立刻回答：

——*条件？这个就有点儿难说了，因为，在现阶段，条件已经不是原先规划好的那种了。*

第三章 一个长着鳞片的女人

此外，对于某些地方来说，好奇心显得有些多余。不合时宜的东西只能带来祸患。主人给出了忠告：客人可以把行李放下，心也放下。说到底，当踏上归途之际，也许就能够很好地理解所谓的"条件"了。

——在这里，只有事情已经发生了，才能明白眼前正在发生的事。您懂我的意思吗，尊敬的先生？

意大利人瞅着天花板，就像一只笼中鸟在寻找出口。他的问题显得有点儿愚蠢，但是服务生迅速给出了回答：

——旅馆是私人的，但是属于党。也就是说，属于国家。

他接着解释道，国有化了，之后又卖了，重新收回了执照，之后又卖了。他再次补充：取消了产权。在那一刻，如果那个外国人想的话，服务生甚至愿意简化手续，再交易一次。他让外国人去和经理朱纳斯谈，旅店生意是他在打理。

——您不是想买旅馆吗？

——买？

——现在应该会便宜，因为是旅游淡季。又三天两头爆炸的，没有什么需求……

意大利人转向我，仿佛语言障碍突然击中了他：

——接下来，你可以给我翻译吗？

应服务生的邀请，我们进入了昏暗的走廊。他边走边解释，和世界上其他地方的服务生相比，他为什么显得缺少激情，人家的酒店可都有着豪华、舒适的设施。有那么一刻，看上去意大利人对自己提出的问题感到沮丧：每天的供电时间只有一小时。

——见鬼了，我带的电池够吗？

他问自己。

最后，我不用再翻译了。马西姆自己能说明白，更糟糕的是，别人的话他也完全能听懂。关于"条件"的对话又来了：

——水龙头里也没有水。

——没有水？

——不用担心，尊敬的先生，明天早上，我们一定会送来一罐水。

——从哪儿弄的呢，这水？

——不是从哪儿弄的，一个小伙子会送来。

我们到了给外国人准备的房间，我的就在隔壁。我帮助意大利人安置下来。房间的气味难闻。服务生站在前面，一一列举着共享同一空间的丰富物种：蟑螂、蜘蛛、耗子。地板上放着一个箱子，小伙子弯腰打开它，将里面的物品一样样取出来：

——这本杂志是用来打苍蝇的。这个鞋底可以打蟑螂。这根拐杖……

——不用说了，我会解决。

服务生拉开窗帘，一团尘雾在屋子里弥漫开来。须臾，一切渐渐清晰，但是意大利人宁愿还是一片昏黑。只见一股黏稠的液体沿墙壁淌着。

——水吗，这是？

——这个嘛，我刚才说了，我们这里没有水。

服务生撤出了房间，又想起来有些事情要交代。这一次，他先找到了我，似乎是需要一个同谋。

——有时候，房间里会见到一种昆虫，你知道吧，我们叫它螳螂。

——我知道。

——如果出现了一只螳螂，不要杀死它。

他说道，现在转向了意大利人。

——永远不要这样做。

——为什么？

——我们这里不杀这种昆虫的。我们自有道理。以后我再和您解释。

利斯没有坐在房间里享受孤独。他来到我这边，说想出去走走，需要呼吸一下新鲜空气。他快步穿过走廊。我目送他走远，再一次听到他的脚步声：一个人走过，就仿佛一列纵队走过。

突然，意大利人被一个身影绊了一下。是一位老妇人，也许是他一生中见过的最老的人。他扶她直起身子，将她搀扶到旁边的房间门口。只在这时，借助从一扇窗户里进入的强烈光线，他才注意到这位风烛残年的女邻居身上随意裹着的围腰。意大利人揉了揉眼睛，仿佛想要再看得清楚些。原来，透过那围腰，他看到一副令人称奇的光洁胴体，有着少女的新鲜饱满，充满诱惑；仿佛那张布满皱纹的面孔根本不属于她的肉体。

意大利人打了个寒战。她正望着他，那迷人的目光甚至能将他刺伤。就连我，遥遥望见这一幕，也有些气血上涌。老妇人的眼睛仍新鲜如朝露，似在渴望一个深情的吻。这女人周身充满了荷尔蒙的气息。难道，如此高龄的一位老妪竟然还可以引得一个盛年男子欲火焚身？马西姆·利斯快步逃离。路过接待处的时候，顺便打听了一下老妇人的信息：

——啊，那是时光丽娜。她只在走廊里溜达，住在黑乎乎的屋子里，有几个世纪了吧。

——她从不出门吗？

第三章　一个长着鳞片的女人

——出门？！时光丽娜？！

服务生笑了起来，但是马上就停住了。他看到我走了过去，决定将其余内容分享给我。我凑过去，意大利人和我促膝并肩，我们的耳朵都竖了起来。服务生佯作神秘，显然知道另外一位正在屏息倾听：

——你的白人朋友，看起来对那位老太太很感兴趣啊。

——为什么那样说？

马西姆问道。

——她属于那种人，走路的时候不带影子。

——他在说什么？

意大利人满脸迷惑。

——你给他解释吧，等时机合适了。

我们出了旅馆。走在街上，意大利人仿佛为傍晚的清新所折服。巴扎上的小贩们纷纷收拾好货物，世界重新迎来无边的平静。利斯坐进里镇上唯一的酒吧里。他似乎想一个人待着，我尊重他的心愿。我坐在远处一个位子上，点了一份冷饮喝着。经过的人们都友好地与外国人打着招呼。过了不知多久，我问他是否想回旅馆。他不想。他什么也不想做，只想单纯地待在那里，远离那个房间，远离他的使命。我坐到了他旁边。他打量着我，仿佛我们是初次见面。

火烈鸟最后的飞翔

——你是谁？

——我是您的翻译。

——我会说，也能听懂。语言不是问题。我不理解的是这里的这个世界。

一种无形的重压使他垂下了头，像吃了败仗，了无希望。

——我必须完成这项任务。我希望得到升迁，已经等了很久了。

——您会的，先生。

——是谁制造了那些士兵的爆炸案，你认为我能搞清楚吗？

意大利人萎靡不堪，像是用碎布拼成的。头发蓬乱，一副六神无主之态。正在此时，出现了一个衣衫褴褛的人，他开口说道：

——对不起，老板们。我想和这位外国来的先生说话。

——什么事？

——和死掉的那位有关。

——死掉的那位？！

——被车撞死的那只羊。

——然后呢？

第三章 一个长着鳞片的女人

——然后我是那只羊的主人，现在，谁来赔偿我的损失？

他手指一搓，做出数钱的样子。幸好，意大利人不太清楚这事的来龙去脉。我请那只倒霉畜生的主人晚些时候再来。他刚走出几步，忽然想起来一件事，又折回来。他宣称我的父亲已经到了镇上，我大吃一惊。一开始我还不太相信。

——他到了。住在你的老房子里。

我惊呆了。他曾经宣布再也不会踏入蒂赞加拉半步。现在，我卷入了那项调查，被迫住在旅馆里，这个时候，他决定再次入住我童年的家？

意大利人看出来我在担心。

——怎么了？

——您不知道，我家老爷子的到来意味着什么。

他未及做出反应，我已经敞开心扉，将古老的回忆向这位外国人悉数捧出。一个陌生人的好处，就是会让我们相信心灵可以相通这个谎言。

第四章
故事讲述者的告白

第四章　故事讲述者的告白

上帝将死亡的任务交付与我。

我尚未执行。

然而，如今，我已学会顺服。

——奥尔坦西娅太太的话

有些人带着缺陷出生，而我则是带着缺失出生。解释如下：人们在给我接生的时候，没有把整个的我接出来。一部分我留在里面，黏在了我的母亲的脏腑里。这个事故使得她无法看到我：她盯着我，却看不到我。我留在她体内的一部分夺走了她的视力。然而她不想认命：

——我看不见你，但是我一定会找到办法看见！

生命就是这样：鱼活蹦乱跳，但是只有在活水里才能活。谁要想捉住这条鱼，就必须将它杀死，只有这样，才能将它握在手中。我说的是时间，也是水。在无法逆流的时间之河里，孩子们也像流动的水。一条河有生日吗？我们的孩子又是在哪个确定的日子里到来的?

我的母亲的决心最终归于沉默。她说出的话带着云彩的口音。

——*生命这东西是最能传染的。*

她总是这样说。

我请她解释一下我们的命运,为什么我们深陷贫困。

——*瞧瞧你,我的孩子,你已经染上了白人的毛病了!*

她歪着脑袋,好像想让思想从脑袋里逃走,接着教训起我来:

——*你想搞清楚这个世界是怎么回事,可这个东西从来都搞不清。*

她接着给出忠告,语气更加严肃了:

——*要让你的想法像一只鹤那样:用一条腿立着。好让心里不要太沉重。*

——*可是,妈妈……*

——*因为心这东西,孩子,心总是会另外有一个想法。*

她的话离嘴巴更近,而不是离脑子。有一次,她推我坐下来。她表情凝重,说道:

——*我昨天有了一个模模糊糊的想法。*

——*想什么?*

第四章　故事讲述者的告白

——大概是这样的：我需要不为了能看到你而活着。你能明白吗？

她一边说，一边用手指在我的脸上叩点着，就像在轻敲键盘，一行，又一行。我的母亲用弯曲的手指来读我：

——你长得像我。

生了我之后，她的子宫闭合了。我不仅仅是一个儿子——我是对她的惩罚，她不能再次做母亲了。而厄运在其他的惩罚中加倍现身：我的父亲，不仅没有给予她呵护，而且对她施加了折磨，将宇宙的罪愆归咎于她，并且感到心安理得：如果她失去了生育能力，他自然有权利不履行义务。

——现在我不用受任何约束了。我不用负责任了。

他开始在外面过夜，将年纪活在了别的女人的床上。我的母亲独守失去了伴侣的床，以泪洗面。但是她连抽泣声都没有发出，没人听到过她倾倒悲伤。只是一到夜晚，泪水就从她的脸上不停地滚落。因此，她每天醒来时，浑身都浸透在一滩最纯净的蒸馏水中。我把她从水滩中拖出来，每次用同一块毛巾帮她擦干。另一块不行，那是她唯一一次分娩使用的。那块毛巾包裹过新生的我。谁知道呢，那也许是它最后一次被使用。

守着母亲长夜里的伤悲，我平静地生活着，如死水中的鱼。那段岁月中没有"从前"。对我来说，一切都是"最近"，都在生长。在特定的季节里，我在地里帮母亲干活。我陪她走在路上，我们经常新开辟一些小道，因为绿色植物顽固地开拓着空间。她微笑着，好像在原谅森林的蛮横无理：

——这里的树喜欢疯长。

在地里休息的时候，我和妈妈坐在非洲漆树下，吹着微风。她说话的时候会握着我的手。她的遗憾也一页页地合上——我们的传统不允许一个孩子出席葬礼。死亡是成年人的视角。只有我的妈妈，已经是成年人了，甚至不被允许看到我活生生的样子。

她与自己达成了和解：

——生活，孩子，是个消灭幻想的魔术师。

傍晚时分，火烈鸟在天空漫舞。妈妈沉默着，沉醉于它们的飞翔。当最后一只大鸟飞走，她才开口说话。我也不能发出动静。在这一刻，一切都无比神圣。当光线完全消失，她会用轻不可闻的声音，哼唱一首自己发明的歌谣。她认为，是火烈鸟推动着太阳，好让白天抵达世界的另一端。

——这首歌是召唤它们回来的，明天再来！

有一次，在上帝的见证下，我们达成了一个约定。作为神圣巫术的一部分，我们一起发了誓：在她辞别人世的那一刻，我一定要陪在她身边。因为，她笃信，在那一瞬间，她终将看到我的样子，从头到脚。我们一言为定：临近弥留之际，她要告诉我，我会立刻赶去，她最终一定能看到我，真真切切。

过了一段时间，在穆翰多神父的鼓励下，我走出了家乡。我进了城，上了学。学校仿佛一艘船，载我抵达另外的世界。然而，那些教育并没有成就我。与此相反，我越学习，越觉得窒息。我耗费了许多年，去获取必须的、宝贵的知识。

返回故乡的已经不是我了，是一个失去童年的人。是谁我不知道。没有人需要对此负责。我是出生在河边的树。后来，我是想要逃脱激流的独木舟。接下来，我是无法逃脱火的木头。仅此而已。

一天，我母亲的誓言实现了。有人来喊我，十万火急：妈妈的灵魂即将离去。我坐在一辆破旧卡车的车斗里匆匆上路。到了镇上，我一刻也不敢耽误。我必须在她辞世之前赶到。我来迟了吗？在一位母亲年迈的心中，孩子总是来迟的。她抓住我的手，闭上了眼睛，仿佛就为了看到我，才在勉力呼吸。她一动不动，胸口没有丝毫起伏。我手足无措。其他人安慰我说：

——*她在扮演死去呢，只是为了得到上帝的垂怜。*

然而这不是演戏。目睹这弥留的场景，没有人知道她是否真的看到了我。她盯着我，我们四目相对。她枯槁的面容上浮起难以名状的微笑：

——*原来，你长得像他……*

——*像我的父亲？*

她又微笑起来，叹息似的重复着：

——*像他……*

她握住我的手，一阵疼挛。睫毛上凝结着泪珠，如石钟乳一般。死亡是一方狭窄的阳台。在此窥探时间之河，就似雄鹰栖在岩石上俯瞰——放眼望去，尽是广阔的空间，可以展翅翱翔。

——*妈妈？他是谁？*

我问她这个问题，只为了佯装没有注意到她已经走了。我想淡化心头的悲伤。妈妈的身体轻轻地靠在我的胸口，像一片飘零的猴面包树的叶子。在凝视我的那一刻，她已经与世长辞。她真的看见我了吗？这已经不重要了。需要做的是将她的死讯通知父亲。

我们这里的人不会忘记照顾另外一个世界的人——落日

那一边的人。我们这样安排居所：活人居于东方，逝者居于西方。死亡，死亡也有无可名状的用处！母亲离开时，骤雨初歇，她上路了，将要住在那个没有角的星星上。从那一刻起，生命已经不属于她：她已奔赴最后一场离别。在我什么也不相信的年纪，她的话曾经催生我的希望，我至今还记得：

——你看到了吗，河流永远也填不满大海？每个人的生命也是这样：总得全力以赴活着。

现在我出发去找我的父亲，无法预知后果如何。他在什么地方漂泊呢？是否还在我们的周围，既不能走远，也不愿意靠近？还在将他的旧船租给河口的渔夫吗？我希望如此。我对那船有感情，有几次我待在那船上，父亲照顾过我。船的名字是我起的——采虹号。有时我立在船头，从流飘荡。后来大坝建好了，河流变得驯服，河口的水流也缓和了，全年都可以行船。

每次去看望父亲，我都会与当地人打成一片。我帮着在船上干活，拖渔网，钎鱿鱼，将停泊的船只系上绳子。我的父亲在海滩上待着，对我表示满意。他从来不关心我累不累。他想当然地去理解这些活计。他以为是船推着桨走的。终其一生，他只是在内地干活，他对森林了如指掌，对大海一无所知。

那段时间里，我还生机勃勃，寻求着信仰和生活。夜幕降临，在噼啪作响、闪闪如画的篝火前，老苏布里西奥央求我讲一讲船上的历险故事。他笑着，为自己对出海作业的无知开脱：

——虾在水里走，而不会游。

在与行政管理部门起了冲突之后，我家老爷子对这活计更没有好印象了。之前，他相信劳动可以换来好日子，这个信仰破灭了。近年来，他甚至决定一辈子都披着睡衣。到了晚上，当睡衣应该发挥作用的时候，他却要解除衣衫的束缚。他脱去睡衣，上床睡觉。

——可是，爸爸，白天穿着睡衣？

他开始在白天随处小憩，倚着刺眼的光线。穿着这身行头，倒也方便。然而不仅仅是睡衣这么简单，这老头又添了一样小性子：和全世界的人作对。再举个例子，他只在星期日穿鞋。其他的日子里，无论星期几，他都赤脚踩在地上，享受着与无垠大地的亲近。一天将尽，他会在膝头捧一杯温热的茶，双脚浸在一个盛满水的盆里，放松地泡着。

——我让它们也喝点儿水。

他笑着说。

这些不合常理的举动让我的老妈大为光火。不过，这桩怪事也有一分道理：他打赤脚，也是为了节省他唯一的一双皮鞋。他走路的时候用手拎着鞋，从来不穿上。只有当他以主人的姿态站定之后，才会穿起来。

和我家老爷子在一起的那些时刻，像一个朦朦胧胧的梦境，谁知道呢，"温柔"一词是否指的就是一种坚硬的消融？到了今天我才明白，那些短暂的时光片段，是我唯一的家园。在河口，我的父亲留下了生活的痕迹，而我，创造了我的生命之泉。

然而，我去河口的次数屈指可数，停留的时间也极其短暂，仅仅在记忆里留下了电光朝露般的一瞬。我母亲最终断绝了他的负面影响。老头子被隔绝于家庭，为他的不负责任买了单。她对他的负心给予了报复。他弃家而走之后，有一段时间里还是在那附近流浪。后来，他在镇子附近安顿下来，随便对付着日子，就像我们铺一张床单那样：将四角一卷，塞在床垫下面。我们从来没有见过他生存的痕迹，甚至不知往哪个方向能遇到他。这是他隐藏着的一个秘密。我长成了一个大孩子以后，他才偶尔抛头露面。他有时来看我们，会待上几天。我从来没有注意他在哪间房子过夜。内心深处，我想让自己保留一个幻觉，他和妈妈仍然在一个屋檐下共度良夜。

第二天，他带我去了一个树木砍伐形成的空地，不太远。在一个巨大的白蚁山旁，他停了下来。他紧贴地面趴下，观察着蚂蚁。随后，他站起来，指着远处几棵茂盛的非洲银树说道：

——你看到那条小路了吗？

我什么也没看到，除了一片青葱。那边的稀树草原绿意盎然。再远处，目力无法辨得分明。我们不敢走得再远了。但是他指向远方，重复着忠告：

——要是*世界末日*到了，你就*踏上那条小路*。听到了吗？

我永远不想遵从这建议，但是也不能存疑：他确凿无疑地知道何时是人类的末日。

这些是在我抵达伊尼亚慕孜海滩之前回忆起的一切，我的父亲曾经把自己放逐在那里。路途并不算遥远，我在记忆中跋涉的公里数还要更多一些。这一回，我几乎没有带"我"前来，来得像是随便可遇的一个不通世务者。我在城里的那些知识何用之有？这里的路和城市里的街道肩负的功能也不相同：这里的路似乎只是为了承载梦想和尘埃。

那些狭窄的小路缓解了大地的哀伤，它们通往最后的太阳，指向我们心灵深处的隐秘角落。我在那边徘徊着，在苇草搭的棚子和矮房间寻找。不见他的踪迹，只有一些传说。老苏布里西奥在哪儿呢，他又了解真实的自己吗？

最后我找到了他。我的父亲，他经历了什么事？他瘦骨嶙峋，让人想起一只皮包骨头的羚羊，仿佛灵魂也已经出了窍。自从我最后一次离开这里，他就寄居在一个老旧昏暗的灯塔里，让自己变成了守灯塔的人。他爬到那座已经弃用的灯塔上，已经没有船只从那里出海了。

然而，老头子对他这份新的工作很是认真。这活儿需要注意力高度集中：盯着无垠的大海，监视着海平线。就像终其一生他都在萨瓦纳草原上游弋、巡察！现在，他只不过是将监察的对象变换了一下。也许出于这个原因，他就当我是透明一般，即使我的声音响起来：

——*爸爸，我带来了蒂赞加拉的坏消息。*

他做了一个斩钉截铁的手势，示意我闭嘴。他正全神贯注监测着风暴。他凝视地平线，摇了摇头：

——*记得吗？有段时间我在学习鸟语。你妈一直不让。*

——*爸爸，听我说……*

——*现在，我的儿子，我已经不说任何语言了，我只是发出一点儿口音。你懂吗？*

我完全不懂。看起来我父亲的思想没有丝毫变化。我表情严肃，坚持要讲出将我带到他身边的那件事，立刻，他反映出不悦：

——你让我想起了你的母亲：从来听不懂，这让人多恼火！

他拒绝再听下去，坚决地摆摆手，打断了我的话。

——你回去吧，我不想再听你说任何话。

——可是，爸爸，妈妈她……

——我不想听。

我听着他的脚步登上螺旋形的楼梯。突然，他站住了。他的声音传过来，有些变形：

——很奇怪。在这里已经听不到枪声了。

——爸爸，战争已经结束了。

——你信吗？

我踏上了归途。他的声音从上方飘了过来。他站在灯塔的窗户后面冲我喊道：

——记得我们家后面的那条小路吗？别忘了：如果世界末日突然来了，你就从那条路走。

第五章
时光丽娜的解释

第五章　时光丽娜的解释

有些人知而不信。

他们永远看不见。

另一些人信而不知。

他们并不比盲人看得远。

——蒂赞加拉谚语

意大利人斜靠在那里，像一个指针，似乎沉浸在我的童年故事里。我讲完了，他一言不发，保持那个姿势，回味着。过了一会儿，他开口道：

——你的这个故事……都是真的吗？

——什么真的？

——抱歉我这样问。我听人迷了。几点了？

是该回旅馆的时候了。吹过一阵疾风。同一位服务生站在门框下面，清扫着几块塑料牌匾。一些字母被风吹掉了，现在读上去是这样："玛尔特罗·朱。"

意大利人筋疲力尽，不知不觉中睡着了。那个晚上，他做了一个奇怪的梦：走廊里的老妇人进了他的房间，褪去衣衫，裸露出他从未目睹过的诱人肉体。意大利人在梦中与她交欢。马西姆·利斯从未品尝过这么甜美的欢愉。他在床单上翻来覆去，高声呻吟，将枕头揉得凌乱不堪。如果这是一场噩梦，他也情愿沉浸其中。

醒来时，他满身都是汗渍，脏兮兮的。他打量着四周，发现衣服被人动过。有人进过房间。他下了床，看到一桶水，松了一口气。一定是旅馆的小伙子。马西姆取一只杯子洗漱，又用淋浴余下的水刮了胡子。他盯着水桶，仿佛是第一次注意到，一点点儿水能有多么珍贵。接下来，他走出房间，在走廊里溜达，这时，一只手臂拦住了他。是老妇人，时光丽娜。意大利人目瞪口呆。老妇人围着外国人转了几步，姿态娇柔，然后她靠在房门上，神情妩媚。带着一种奇怪的微笑，她指着自己的肚子：

——*我怀上你的了……*

利斯急促地问道：

——*什么？*

——*昨天夜里我怀上你的孩子了。*

那男人张圆了嘴，呆若木鸡。老妇人笑起来，将一根手指放在外国人唇上，随即返回了房间，门在她身后关上了。利斯踉跄着穿过走廊，回到他自己的栖身之所。他坐在床沿上，眼前又浮现出那个梦境。然而，地面上赫然出现了一个东西：一条围腰！怎么会在那里的？一记敲门声响起，他快速捡起那块可疑的布，将它藏在了床下。进来的是服务生，彬彬有礼的样子。在几声"对不起"之后他进入了主题：

——马西姆先生，我全都听见了。

——听见什么？

——在走廊里发生的事。

我的心猛地跳了一下。意大利人与时光丽娜搅在一起了，如果这事传开，蒂赞加拉可就要沸腾了。不过，服务生仿佛对传播流言蜚语并不感兴趣，他用坚决的口吻对马西姆·利斯说道：

——您要注意了，亲爱的朋友。那个女人中了巫术。谁知道您会不会也像其他人一样，原地爆炸？

——可是我什么也没干。

——如果她宣称您让她怀孕了呢？除非她是第二个处子玛丽亚……

——我发誓，我没碰那个女人。

意大利人喊道。

——现在那个姑娘会想要和您一起回您的家乡，她，还有你们的混血儿。

他说"混血儿"一词时，带着些许嘲讽。穆翰多神父曾经反对过这种偏见。神父的想法直指事情的本来面目：混血儿，我们不都是吗？但在蒂赞加拉，百姓们不想承认自己被混血了。因为，身为一名黑人，属于这个种族，已经是我们唯一的、最后的财富了。在这面虚幻的镜子中，我们中的一些人制造着自己的身份认同。

马西姆六神无主。他的脑袋里可曾预见到，生命中会发生这种事吗？

——我无法理解！

——是的，先生，确实很难理解。甚至因为那个女人并不存在。

——并不存在？

——不是以先生您理解的方式存在。

——这是怎么一回事？

我在走廊里听着这一场对话，决定推门进去。服务生长出一口气，指着我说：

——让他来解释吧。您还是听我的建议，最好的方法，是拿起这根拐杖，打在她身上。对，只有这样，她才会从您

的梦中离开。

服务生准备离开，突然看到了地板上有什么东西。他蹲下身子查看，声音高亢起来：

——*您杀了她！*

意大利人腾地站了起来，心惊肉跳。又有人死了？只见那服务生，双手掩面，望着地面哭喊：

——*奥尔坦西娅！*

意大利人一脚踏入了云里。奥尔坦西娅？到底发生了什么事，此时此刻？他看着我，满眼写着求助。我走到服务生旁边，想问个究竟。那家伙指向地板上的一只死螳螂。我也打了个寒战。突然，那具尸体已经不仅仅是一只昆虫。服务生接着说，泪眼婆娑：

——*她每天都在各个房间里走来走去。*

他简直悲痛欲绝。意大利人搞明白了怎么回事，快速打发走了服务生。他的耐心已然耗尽，再也没有一丝能留给他了。他拿起手杖，把那小虫子的尸体清出房间，就像对待纯粹的垃圾那样，将其扫地出门。

——*现在你给我解释一下！这都是些什么鬼？*

螳螂可不是寻常的昆虫，那是先祖来看望活着的人。我把当地的信仰解释给马西姆听：那只虫子爬来爬去，是为先人服务的。杀死它是不祥的预兆。意大利人看看那根拐杖，将它靠在墙角。他感到无比荒谬。然而，似乎他没有在想这件事。他的眼神透露出他惦记的不是一只螳螂，而是一个女人。

我坐在床头柜上，决定揭开时光丽娜的秘密，但不是由我来讲。那天下午，我什么也没有说，去把老妇人唤来了，当时马西姆正瘫倒在床上。他一直在忙着评估卫生状况，为床单上的小虫子验明正身，累得一塌糊涂。最后他放弃了，他的知觉正要一点点儿游离开来，一个温柔的声音响起来：

——别怕。是我。

是时光丽娜，与他比邻的老妇人。她待在半明半暗的阴影里，靠着墙角。

——我给你带了喝的。

她递过去一个杯子。意大利人接过饮料，半倚在床上。

——这是什么东西？

——别问。喝就是了，不用怕。

他将那液体一饮而尽。时光丽娜还想阻止他的动作，已经来不及了。她本希望他倾倒几滴在地板上，以敬逝者，也就是奥尔坦西娅。意大利人用舌尖咂了咂牙齿。那个冒牌老妇人此刻靠近了灯光，她的身体被照亮了。意大利人暗自承认，那是个美人。我开口说道：

——*时光丽娜，说说吧，你是谁。你，意大利人，好好听吧。*

时光丽娜倚在梳妆台上，望着望不到的远方。她脸上浮起一丝古怪的笑意，像是我曾经在老年人面孔上见到的那种幸福：来自比时光活得还要更久的单纯的胜利。她开口了，声音宛若少女：

——*我有两个年龄。但我是女孩，连二十岁都没有。*

——*吉普赛麦当娜！*

马西姆叹道，不住地摇头。

——*我有一张老妪的脸，因为我受到了神明的惩罚。*

——*吉普赛麦当娜！*

意大利人重复着。

——*他们惩罚我，因为在已经消逝的时光里，没有任何男人得以享受我的肉体。*

我帮她进行了解释。我认识时光丽娜，她原来只比我年长一点点儿。是真的：她还是一个女孩子的时候，没有接受任何人的求欢。有一天突然发现，她的少女时代已逝，而使命仍未完成。所以上天的惩罚降临了。一夜之间，她的面上生满了皱纹，被提前赋予了时光所有的漫长痕迹。然而，在身体的其他部分，她的青春保留了下来。

——*跟我来。我想让你看一样东西。*

时光丽娜拉起外国人，推着他穿过走廊，来到前台。然后，她停下来，谨慎地说道：

——*你走在前面。我不能让人看到离开这个旅馆，不然就会被驱逐出去。*

意大利人回头瞧了瞧，坚持让我陪他一起去。在内心深处，他对时光丽娜怀有恐惧。他干巴巴地命令我：

——*你和我们一起去！*

时光丽娜领着我们穿过一条昏暗的小巷。我知道前方是什么在等待。我认识这条路，知道目的地在哪儿。我走在后面，好让欧洲人自己去发现随之而来的一切。我们去奥尔坦西娅太太的家，她是时光丽娜的姑妈。奥尔坦西娅已经去世了，大家都认得她。在服务生的眼里，她化身为去探访旅馆的螳螂。她也会以其他方式探访生者。奥尔坦西娅是蒂赞加拉镇最有名的逝者，是该镇缔造者最小的一个孙女。

——*我们这是去哪儿？我不想再走了。我要回旅馆。*

突然，意大利人好像清醒过来，他站住脚，停在半路上。时光丽娜回头央求他：

——*来呀！去我离世的姑妈家。*

第五章　时光丽娜的解释

马西姆还是拒绝。他想返回旅馆，集中处理和专案调查相关的事务。

我帮助时光丽娜说服了外国人。要想执行任务，奥尔坦西娅的家很重要。行政长官曾经一意孤行，用那所大房子来安置联合国的士兵。那房子本是魂灵的栖息之所。士兵们在那里做了什么无关紧要；要紧的是，对于访客的随意举动，那栋房子会做些什么。

——也许你会在那里找到一些文件，士兵们留下的一些物证什么的。

马西姆犹豫了一下，接受了我的建议。我们到了，没有马上进去，而是在路边坐了下来。外国人见我闭上眼睛，以为我在祈祷，其实，我只是在召唤着有关逝者的美好回忆，任自己沉浸在时光里。

在门口，时光丽娜喊道：

——我们可以进来吗，奥尔坦西娅姑妈？

一片沉寂。意大利人扳着我的肩膀问道：

——奥尔坦西娅不是已经去世了吗？向一个死人请求允许？

我请他在这沉寂面前保持敬意。通过一个察觉不到的信号，时光丽娜收到了宅子老主人的回答。我们可以进去了。

意大利人又有些抗拒。我告诉了他老主人的身份。

"奥尔坦西娅"①，没有白白用了花卉的名字。这样说并非因为她生得美。她终日待在阳台上，佯装注视着时光。其实她的目光并没有驻留在时光里，因为，这么说吧，她获得了其他的视角。

奥尔坦西娅姑妈过去和她的两个侄儿住在一起。时光丽娜是姐姐；另一个，被鉴定为失能儿童。那个孩子动作缓慢、呆傻，思想和动作一样迟缓。他脑海里从未诞生过什么想法，他生活得如此平静，带着圣人罪愆得赎之后的满足。那孩子甚至没被当成一个人，连名字都没有。值得在一个看不出属性的生物身上，浪费一个人的名字吗？奥尔坦西娅终日无所事事，只是待在阳台上，在那里度过一整天。

——可是，姑妈，你为什么要在阳台上待这么久，从早到晚都在这儿？

——我只是想被人欣赏。

原来，是骄傲将她唤到阳台上去，披着最华美的布料，头上裹着一块手帕。奥尔坦西娅姑妈是单身，没人知道她的故事。从未有男人与她同床共枕。从未有男人走进过她的内心。她以人们都熟悉的姿态待在阳台上：不可征服、无处可

---

① 奥尔坦西娅：原文"Hortênsia"意为绣球花。

栖的灵魂。这位单身女子的私产会留给谁？镇上的人充满了疑惑——她虽然并无丰富的人生经验，但是至少有遗产。

——在不再沐浴的那一天。

这种说法是用来命名她离世的那一天的。她的说辞都带着矫饰。就在那一天，奥尔坦西娅说，当她闭眼之后，他们会来剥夺她的财产和物品，清空她的房子，就像清空她的记忆一样。她花了过多的时间，来准备从活人世界的退出。她和一切告别，也和虚无告别。她一直在说着再见。她从浴室出来，去到厨房，离开时，也不忘彬彬有礼地打招呼告别。她在为最后一幕做着演习。

最后的时刻到了，病魔征服了她的身子。奥尔坦西娅将两个侄子叫到跟前，面向时光丽娜说道：

——我什么也没给你留，侄女。没有必要：我不在了，我的那些东西也会伤心至死。没有人再能做他们的主人。

她又转向侄子：

——一切都归你。你，我的侄子，傻得不会去管那些东西。我的财产都会蒸发的，在如此细小的尘埃上化为乌有，一丝痕迹都不会留下。你懂吗，侄子？

那孩子傻傻地垂着头，将脑袋摇来摇去，表示否定。她继续用哄小孩的语言和他解释。因为没有人爱过她，她将那些和她亲近的物件留下了，这些东西，一旦没有了她的陪伴，会想不开的。

——现在你可以走了，我的没长脑子的侄子啊。

只剩下两个女人了。姑妈握住了她的双手，嘱咐着她：要照顾好自己。不要再迟疑了，赶紧将自己交付到一个男人的怀抱中。否则，她就会继承姑妈的不幸的命运。甚至更糟，衰老的惩罚很可能就会降临在她这个美艳少女的身上。

——现在，我的孩子，扶我到阳台上。

时光丽娜将她带到夜露的清凉里。她坐进老圈椅中，轻叹一声，望着街道。有三三两两的行人正往教堂走去。

——想知道吗，为什么我总是待在阳台上？

——为什么，奥尔坦西娅姑妈？

——我想让上帝选中我，把我带走。他一直没有带我走。我太瘦了，应该是这个原因，即使我站在教堂前面，他也没有选中我。

那天夜里，奥尔坦西娅的生命之火熄灭了。她握着侄女的手死去。据说，是这种联结使得孤独的噩运代代相传，从奥尔坦西娅，到时光丽娜。因此这位姑娘一直单身，直到现在。

我睁开了眼睛。所有那些记忆淹没了我，现在，一切宛如昨日。我行走在回忆之上，冒着惊醒幽灵的危险。然而，我肩负着陪伴马西姆·利斯的使命，这是唯一让我介入奥尔坦西娅姑妈之事的理由。我的话起了作用，那位意大利官员同意进去了。

意大利人立即开始触碰房子里的东西，他想找到一些士兵们留下的痕迹。几乎一无所获。一切都摆放如常，仿佛奥尔坦西娅还住在那里。意大利人只是轻拂物体的表面，分不清是出于尊重，还是忌惮。

——来帮帮我。

他对我说。

黄昏将近，宅子里投射入一抹斜斜的余晖。我沿着一条走廊前行，突然被吓了一跳，心惊胆寒。从一间房子里冒出一个瘦小的小伙子，恍若幽灵。是时光丽娜的傻兄弟。她抬手为他整理了一下衬衫，就这样，无声地打了个招呼。小伙子随便做了个手势，将一只手放在头上，另一只指向意大利人。

——他想要个贝雷帽，你们那种蓝色的。他想当兵，你们那种……

意大利人笑了笑，没有说话，看着那个年轻人如影子一般，重新融入黑暗里。我们都默不作声，仿佛有人对我们通告了一桩丧事。镇上所有人都知道——是奥尔坦西娅一直继续在照顾着她的侄子。每天早上，他的餐桌上都会出现饭菜，供他食用。小伙子也会坐在那里，独自一人，默默无语。他吃得很慢，眼睛随便盯着某个角落。每一餐结束后，他会重复同样的话：

——*谢谢你，姑妈！*

我们告诉外国人这件事情。他笑了，神情有些古怪。时光丽娜打破了寂静，她嘱咐意大利人：

——*你坐在那张圈椅上吧。明天再接着找。*

马西姆照做了。坐在那里，他可以倾听镇上细碎的声响。篝火点燃在某些角落里，动荡的光影落在房子上。再远一点儿，发电机照亮了行政中心和伊斯特望·若纳斯的家。

——*这个镇子被森林包围了。*

我四处张望了一下，对那位姑娘的话表示同意。这座城镇如此荒凉，甚至连事物都丢失了原本的名字。比如说，远处那个东西应该叫作房子，可是现在，随着野草的根蔓湮没了废墟里的残垣，称之为树更加合适。

——*你现在懂了吗，为什么我们要来这里？为了让你看到，在蒂赞加拉，并没有两个世界。*

他需要亲眼看见，生者和逝者共享同一栋房屋，就像奥尔坦西娅和她的侄子。在找他那些逝者的时候，他需要好好想想这一切。

——因此，我想问问你，马西姆，你想探访哪一个镇子？

——什么意思，哪个镇子？

——因为我们这里有三个镇子，各有其名——蒂赞加拉地镇、蒂赞加拉天镇、蒂赞加拉水镇。三个我都熟知。只有我同时深爱着这三个镇子。

我笑起来。现在，需要翻译的人是我了。我从未听过时光丽娜说这样有诗意的话。难道是她有意修饰辞藻，专门说给这位访客听？我半信半疑，决定先走一步。我踮着脚走下台阶。我待在院子里，让两人单独留在阳台上，和他们保持适当的距离。远远地，我还是能看到时光丽娜坐在意大利人的怀里，他们的身体交缠在一起。突然，她的面容映在灯光下，我吓了一跳——炽热的爱情使得时光丽娜恢复了青春。她面容洁净，没有一丝皱纹，时光的伤痕已消失无踪。我将目光挪开，以免尴尬。意大利人早晚得下来，我也要再次行使我的职责。而现在，毫无疑问，他不需要翻译。

等着等着，我睡着了。第二天醒来时，意大利人已经在园子里散步。时光丽娜对他说：

——我一直在看着你，马西姆，不好意思，但是你不会
走路。

——我怎么不会走路？

——你的脚不会踩。你不知道如何在这样的地面上行
走。过来，我教你走路。

他笑了，认为这肯定是个玩笑。然而，她严肃地发出
警告：

——我说真的，学会如何在这地面上行走，事关生死！
来吧，我教你！

意大利人顺从了。二人走在一起，互相扶持着，手牵着
手，像在跳舞。意大利人的脚妥帖地放在地面上，步子没有
那么重了。时光丽娜在一旁鼓励着他：这样踩，就像怀着爱
意；这样踩，就像走在一个女人的胸上。她引领着他，用搀
扶和手势。远处，她的那个傻兄弟忍住了笑，有些紧张。他
蹦跳着，像小山羊一样小跑起来。他从未见过姐姐这么有女
人味。一段时间之后，他才明白，当初为什么会感到紧张。

最后，时光丽娜放开了手，意大利人在一片阴影里跌了
一跤。我了解那些白人：利斯的眼神里映出爱情的魔力。这
个外国人已经心醉神迷。他尚且不知等待他的将是何物。就
这样，他带着天真的微笑走到我身边。我和他开起了玩笑：

——怎么样，昨天晚上，和时光丽娜滚床单了？

乍一听，外国人没有明白。他请我解释，我只是笑着。

——你以为我碰那个女人了？

——不是以为。我看到了！

——我发誓，我一根手指也没碰她。

意大利人面红耳赤地坚持着，想努力赶走我脑海里的疑问。他解释道，我离开以后，他们一直在聊天。仅此而已，聊天。然后他睡着了。是的，他承认那位童姥再度入梦。但是，什么也没有发生。

大门口传来一声呼唤，打断了我们的谈话。是行政长官派来的使者。他递给我一个信封。

——是长官阁下的信。

话毕，他凑近我，耳语道：

——他说让你先读一下，然后只给外国人翻译大意就行了。

我没有遵照这个指示。等信使走远之后，我在阴凉处坐下，开始大声为马西姆·利斯朗读整封信件。

第六章
行政长官的第一封信

第六章　行政长官的第一封信

我并不健忘。

我唯一的困难

是必须以书面形式来写。

　　　　　　　　　　——行政长官的自白

尊敬的省长阁下：

　　阁下，我的这封信，差不多是口语的形式。我要讲的，发生在我们当地的事情，太让人震惊了，一份报告都写不完。您就把这当作是一封很私人的信吧。请原谅我的随性。

　　一切开始于前天凌晨。我的夫人，埃尔梅琳达太太，问我窗外的动静是怎么回事。我迷迷糊糊睁开眼睛，看到她的双肩抖动，在打冷战。她卷在一块裹布里，好像被看不见的寒冷包围了。我几乎对她喊起来，根本没听到噪声，什么动静也没有。和往常一样，埃尔梅琳达让我有些不耐烦。这是因为我的夫人，阁下，我和您解释一下，她睡觉的时候也是支棱着耳朵，活像鬣狗一样，总是在警惕着。不管做不做梦，她经常大惊小怪的。那一次，她很固执地坚持：

——你听不到吗，若纳斯？像船上的汽笛声……

我揭开被子起来，又是倒霉的一天。我觉得听到的是天上的雷声。埃尔梅琳达拉开厚重的大窗帘，那还是殖民时代留下的。我俩向外窥探着。天色还早，灰蒙蒙的，还没有睡醒的样子。

对不起，坦白不等于脆弱。在这非洲式的沉默里，隐藏着许多东西。世界的物质基础之下，一定会存在着人为的力量，难以想象。如果我说错了，我道歉，我向您做自我批评。

我接着讲发生的事。我看着窗外，注意到非常奇怪的一点：没有一丝风，也没有一片云。大地一片安静，非常平静。然而，在远处，河水汹涌地流着，像地狱里一样。这怎么可能？这里如此平静，那里动荡不安？什么力量让世界失去了平衡？那些雷声从哪里来的？埃尔梅琳达紧张不安地问：

——那巴图克①呢？

——哪来的巴图克，夫人同志？

---

① 巴图克：一种源自非洲的传统舞蹈。

阁下，您一定注意到了，我同我的莫桑比克太太说话时很有礼貌。我们，作为领导人，必须以身作则，从家里做起。埃尔梅琳达又紧张又着急，接着问我：

——你没听到有人在跳巴图克？这是什么仪式吗？

事实上，一整夜似乎都有击鼓声，乱糟糟的。

——你为什么允许那些人过来，离我们这么近？

我，伊斯特望·若纳斯，呵斥了她，让她不要插手。那些人，她也清楚得很，是以前的战争造成的无家可归者。军事冲突结束了，但是他们没有回到村庄里。从过去到现在的政策，埃尔梅琳达都知道。要是在从前，他们就会被赶得远远的了。当有高级别的访问，来了大领导或者外国人，都是这样做的。我们有最高指示：不能让人看到有讨饭的，家丑不能外扬。每次要人来访前夕，我们，所有的行政长官，都会接到紧急命令：把老百姓都藏起来，把那些穷鬼们都赶走。

但是，随着国际社会开始捐助，事情变了。需要让人们展示他们在忍饥挨饿、传染病缠身。您有句话我记得很清楚，尊敬的阁下："灾难能生财。要在一个遍地乞讨者的国家生存，需要展现出伤疤，让孩子们裸露凸起的肋骨。"这是您讲话里的一句，我都记在本子上了。这是最新的指示：

收集残骸，让灾难更容易被看到。外国朋友从国外或者首都赶来，应该让他们不必费力流汗，就能观赏到全部的悲惨。因此，最近几个月来，那些难民们在行政中心周围露宿，让他们的苦难一览无余。

——你听不到吗？就现在。那边，是一条轮船在哭……

唉，尊敬的阁下，我的夫人就是这么固执！轮船开到蒂赞加拉这儿，都是一个多世纪之前的事啦。这条河已经不通航了。她怎么可能听到船的声音？因此，我决定掌控局面。我大声喊卫兵过来。他来了，毕恭毕敬地。他睡眼惺忪，开始的时候一直在说蒂赞加拉的土语。还好，我听从了阁下您的劝告：学一点儿当地的话，方便和当地人交流。卫兵站在那儿，低垂着双手，和一尊雕像无异。我下达了命令，让他们安静，立刻马上。

——不过哪里有不安静，长官阁下？

——那边在敲鼓，你听不到吗？

——但是，行政长官先生，您不知道这是个仪式吗？在北方，这是我们的弥撒。

——我不想知道。

我回答说。

我代表着官方，不能让别人转移话题。甚至没有必要让对话进行下去。他是个本地人，和其他人一样，无名穷小子而已，因此才会觉得那噪声是仙乐。

卫兵出去了，脚下拌蒜，一副不情不愿的样子。埃尔梅琳达深深地出了一口气。她抱怨我不是一天两天了。说我总是唠唠叨叨，就像钉自己的棺材板似的。她还说我是自不量力。按照她的说法，她看我就像一头牛瞅着一只肿蛤蟆：不管肚皮鼓多大，也能看到它的小肋骨。我则这样回答她：

——你不懂，女人家，你什么也不懂。

埃尔梅琳达对我不屑一顾，总是教育我：

——你应该和那些住在河马背上的小鸟学学：得让大人物需要你，但是又不知不觉。

她如此妄自尊大，让我不胜其烦。既然她这么聪明，为什么不做个女行政长官？我经常给她讲我在武装斗争中的英雄事迹。在密密的丛林中，什么吃的也没有，为了人民的解放牺牲一切。有一次，我甚至靠吃高露洁充饥。

——你应该多吃点儿牙膏才好，你口臭！

瞧瞧她回答我的方式，简直是以牙还牙。但是，那一次，我的夫人没有提出异议。她的声音甚至还甜丝丝的：

——老公，瞧瞧你的心脏。

——怎么了？

火烈鸟最后的飞翔

——它都跳到胸膛外面了，若纳斯。

她将手拱起来，碰了碰我。你知道她碰我哪里吗，阁下？胸部。她轻轻抚着我一边的胸部，问道：

——你没看到吗，老公？看看你的心跳的，这对你身体不好。热血沸腾，若纳斯，都是有原因的。对不对呀，老公？

我瘫软下来，呼吸急促。我的胸部，阁下，是激活我的野兽的机关，就像收音机的这个开关按钮一样。我笑了。我应该给身体这个机会，沉浸到这个甜蜜的诱惑中去。然而，我若有所思，感到虚无缥缈。埃尔梅琳达还在等着，但是突然发起怒来。

——你在想着另外一个女人！

——我发誓，我没有！

我回答得斩钉截铁。

我靠近她，想让她打消疑惑。起初，埃尔梅琳达做拒绝状。随后，她像糖一样黏过来，回报了我一个热吻。她的手抓在我的胸上，我们两人都笑起来，倒在床上。很抱歉，阁下，我跑题了，本来是对我们都很重要的政治话题。我要中断这份报告了，因为我的血热起来了，只需回忆，就能让那液体沸腾。我还没有向您坦白呢，您当然不会嘲笑我。我有一个怪毛病，只要一碰女人，我的手就会越来越烫，简直像烧红的煤。有几次，我的手就像着了火，只好停了下来。您见过这种事吗？这应该是埃尔梅琳达施的巫术吧。谁知道，会不会有一天，因为太烫，我也在半夜里爆炸了？

第七章
饮料里的粉末

——我想家了，我家在意大利。

——我也想有个自己的小窝，能够容纳和包容我。

——你没有吗，安娜？

——我没有？是我们没有，我们，所有的女人。

——怎么会呢？

——你们，男人，回到家中。我们就是家。

> ——意大利人和安娜·上帝保佑的对话片段

马西姆·利斯赶到了行政中心，走得汗流浃背。在进去之前，他嗅到了自己身上的味道，皱了皱眉头：他身上留下了她的香水味，时光丽娜的。他问我那味道是否明显，我让他放心，催促他赶紧进到办公室里。我还闻到了时光丽娜让他喝下的饮料的糟糕气味——他大口大口地吞咽了好几次。他迟到了，但是部长先生没有提时间的事。他指着录音机说：

——我已经和安娜·上帝保佑聊过了。按照事先的约定，我都录下来了。

我向四周望了望，有些惊讶——只有部长先生一个人。行政长官不在大厅里，舒班嘎也不在。我们坐下来，部长按下录音机，那个妓女的声音回荡在房间里。意大利人禁不住打了个寒战。上帝保佑的声音性感、富有挑动性，就像能驱逐理性的饮料。两个男人眼神直勾勾地盯着墙壁，就这样好久不动，傻呆呆的。马西姆将脑袋埋在手掌中，请求部长先生将录音从头再播放一遍。上帝保佑的声音又一次在空中响起：

首先，我想解释一下我的工作。我想说这样一件事：先生，下一次，您就不是部长了。您会变成前部长。而我呢，永远不会变。一个婊子从来没有"前"这一说。有前护士、前部长……但是没有"前妓女"。娼妓是一份永恒的判决，一个永远洗不掉的污渍。

请听我解释，不要打断我。先生，您是部长，我是一个普通的滚床单的女人。您一定听到了不少流言蜚语，比踩在落叶上的声音还要喧嚣。我名声不好已经有时日了，但这都是无稽之谈而已。传言说我做肉体慈善，与那些不付钱的人照做不误。说我有时应召与人做体操，是为了给逝者安魂。

回击这些谎言，有必要吗？辟谣就像试图擦去钉子上的铁锈，毫无意义。我知道自己的生活是什么样子。爬墙的蜗牛最清楚短墙上哪里有污垢，而不是别人。

知道我此时此刻在想什么吗？我一直在虚耗青春，与薄情寡义者周旋，就像是用指甲抠石头。这世界上的牙齿比嘴巴多。咬人比去亲吻容易，您明白吧，先生。我想借这个机会说出这番话，是因为我从来没有和一位中央的部长说过话。您理解吧？

部长将录音机关上了，望向似乎在出神的意大利人。那外国人不再一动不动，他闻了闻自己。

——想让我快进一点儿吗？

——不，就这样放吧。

马西姆回答。

——这部分有些啰唆……

——就让磁带自己转吧。

——我觉得没必要。

——您知道这个事件的症结所在吗？

——但是这永远无法澄清，你们不懂……

——部长先生，您很清楚，这需要被澄清。

部长似乎退让了。这时候有人敲门，是行政助理舒班嘎。部长没有让他进来，他不想和更多的人分享那段陈述。他重新打开录音机，安娜·上帝保佑的声音再次充满了空荡荡的大厅：

您请坐，阁下。床垫很干净，床单都是新洗好的。对，就坐这儿。刚才在那个地方，我看不清您。您有一双禁欲的眼睛。不好意思，我喜欢看人的眼睛。生活中的渺小、伟大、无穷无尽的细节，一切都写在眼神里了。您想靠着这个枕头吗？不想？没问题，您觉得怎样舒服就怎样吧。

好了，现在我进入正题。您想知道所有的真相吗？那些外国士兵们爆炸了，没错，先生。他们不是踩上了地雷，没有，而是我们，女人们，我们才是天生的炸药。您别做这副表情啊！我们没有力量，这您清楚，不过，您忘了大地的力量了吗？您可以打听一下，所有人都知道。老百姓不说话，但总是在创造长篇大论。龙爪茅，看上去只有叶子，但其实是开花的，只是站在远处的人看不到而已。我们只是做出不说话的样子而已。您是知道的，对吧？您可以把胳膊放在这儿，我的大腿上，没问题。来吧，别愣在那儿，畏畏缩缩，害羞似的，活像个穿山甲。

我会都告诉您的，和您讲讲那天晚上发生的事。但是先让我把这些纽扣解开，瞧瞧您汗出得哟……

第七章　饮料里的粉末

部长先生勤快的手指再次按停了录音机。他深吸了一口气，一口气喝下了一杯水。

——喝吧，是烧开过的。

意大利人喝了两口。他似乎信任这水，那瓶子上有牌子，提供了某种保证。他已经开始怀疑前一天晚上时光丽娜给他的饮料了，觉得需要将身体内部清洗一下。

——这里的人什么特点，你看出来了吧？说得多，做得少。这女人还什么都没有说呢。

——但是我需要具体的信息。人们不会凭空消失。

——爆炸了。你不信，但事实如此。

部长先生坚持说道，同时试图打开一扇变形的窗户。

——但是，怎么做到的呢？没有炸药就爆炸了？

——那个妓女就是这么说的。

——请打开录音机。我想听完。

——不。最好还是我来做个总结。我们已经耗费了很多电池了。

——我让再送来一些电池。

部长只好重新播放安娜·上帝保佑的证词，满脸不情愿的样子。于是，那个热辣的声音再一次响起，雨点一般打在我们的心头。

火烈鸟最后的飞翔

那个赞比亚的士兵到了，穿着显眼的制服。他进到酒吧里，耀武扬威的。他将军靴一跺，命令送上饮料。您知道吧，我们不喜欢这副主子的样子。我们只是佯装友好罢了。那饮料里，我看到了，被人加入了一些调制好的粉末，是我们这里的一种巫术。我不知道谁干的，也不知道具体是什么东西。是那些男人干的好事，出于嫉妒吧，他们不想让当地的女人被别人动了。不过，我，阁下，我甚至为他们的那种妒意而骄傲。我从来没有属于过任何人，从来没有过。曾经有男人为我发生争执，这使我产生过归属感，觉得我只属于他们当中的一个。然而，仅此而已。我给您讲的这些，从来没有人听过，我也没讲过。我看到那些粉末了，像细沙一样落入那个倒霉蛋的啤酒里。我都看到了。当那个赞比亚人抓住我的手，我就知道他的命运是什么了。我陪了他，心中并无怜悯之情。

录音再次中断了。意大利人带着几分愠怒问道：

——就这样完了吗？这录音像是被人剪了。

——剪了？谁？

——是的，听上去那女人还正在讲话。

——啊，但是她接下来只是在讲……在讲本地方言。

——她讲什么了？

——我也不能特别好地听懂这些人的土语。

部长先生将几页文件收拾到公文包里，说他要回首都处理要务，不能在一个这么偏远的地方耽搁得太久。当天下午，他就得回去了，他已经给当地行政部门做过指示了。

——您可以待在这里，愿意和谁谈，就和谁谈。我已经下命令了，哪里您都可以通行。

随后，部长让我到秘书处，去把行政助理舒班嘎喊来。我进入走廊，心里明白需要回避一下利斯和部长的交谈。下午快过完了，职员们已经撤退，只剩下忠诚的舒班嘎。看到我去叫他，他显得很吃惊，充满嫉妒之色，是因为我被允许旁听大人物的密谈吗？破天荒头一次，我眼前出现了一个带着几分谦卑甚至是笨拙的男人。不过，他马上胸有成竹地说：

——我知道了，一定是总统阁下照片的事。

随后他动身前往领导们所在的办公室，手里拿着一个巨大的相框。刚走到门口，部长便问道：

——怎么，你还没有把相框挂起来？

舒班嘎赶忙解释，那是总统的肖像，在正式悬挂之前，需要把墙壁擦得干干净净。

——你来认识一下利斯先生，他将和你一起工作。

火烈鸟最后的飞翔

　　长官助理舒班嘎颇感尴尬，因为他欲求握手而不得，只好将手缩了回来。这一伸一缩间，相框没有拿好，玻璃碎了一地。那家伙吓得一哆嗦，在部长凌厉的目光下战战兢兢：

　　——上帝啊！

　　他退后两步，仿佛担心玻璃碴子会溅到他身上。现在呢，现在怎么办？部长先生问他。镇子上没有卖玻璃的，怎么能把照片罩起来，让总统阁下免受日晒雨淋？舒班嘎支支吾吾，回答不上来。突然，他拔腿跑了出去，回来的时候手里捧着一块玻璃：

　　——看，部长阁下，我又弄了一块玻璃，从另外一幅画像上取下来的，前总统的……

　　他话音未落，一声巨大的爆炸声响起，世界好像散了架。窗玻璃整块飞出，意大利人迅速躲在墙边避险，我也一下子趴在了地上。惊魂稍定，我看到舒班嘎哭丧着脸，手里还剩下一块玻璃残片，而行政长官正在往外门跑，气喘吁吁的。我们都跟在他后面跑。外面的人好像没有服从命令，混乱嘈杂的局面蔓延开来。部长命令我们回去，不值得冒险。他派人去打探发生了什么事。我们只好返回旅馆，等着进一步的指示。

　　在旅馆里，我们得到了消息：不远处又发生了一起诡异的爆炸。又一个联合国的士兵消失了，就在距离我们很近的地方，神秘蒸发。

——*这一次，据说是一个巴基斯坦人。*

更晚一些时候，通过当地行政长官的一份报告，我们才获悉这个事件。是部长命令他立刻起草的报告。第二天早上，他们叫我过去，给了我一个信封，想通过这种非正式的途径把信交到意大利人手中，因为那些信纸上没有盖公章。他们写的这封信可谓开诚布公。爆炸事件是这样的：新的受害者是一个巴基斯坦士兵，任务是负责守卫行政长官伊斯特望·若纳斯的官邸。这一次，爆炸发生在权力机构的正中心。

回到房间，万籁俱寂，我开始读伊斯特望·若纳斯用打字机打出的信。让我奇怪的是这信的语气，有一些人情味儿从字里行间透露出来。

第八章
雄性的电风扇

第八章　雄性的电风扇

猴子从反面照镜子，

结果疯了。

——俗语

尊敬的部长阁下：

我于仓促之间写下这封信：我的所见让我双目变盲；没有见到的则使我重见光明。当我听到那声伴随着强光的巨响，仿佛将黄昏炸出一个大洞，不禁怀疑：那会不会是一个诱饵，只是为了让我踏足危险的道路？敌人无处不在，甚至在我们的内部。这就是我写这份关于最近那桩事件的说明的背景。那可真的是一场狂风暴雨般的灾难。

阁下，昨天下午我告假回家，您记得吧？我在家中整理一些文件，好让您带到首都去。碰巧的是，在同一时间，一位女士——我不能指明是哪位——为我准备了一瓶"黑牌"威士忌。阁下，我并不沉迷于任何女人或者任何饮品。我是有文化的人，威士忌是我的好伴侣……

　　然后，阁下，我开始和那位匿名女子有了亲密举动。我就不说细节了。但是，我告诉您，我提心吊胆，恐怕我的手会烧起来。和埃尔梅琳达在一起的时候发生过这事：一旦亲密，我的手就变得滚烫如火。和那位，嗯，那位不便指名的女子在一起，那个毛病发作的话会很尴尬。于是，昨天傍晚，我和她耳鬓厮磨的时候，一直在担心着手发烫的事。保险起见，我将手指放在威士忌用的冰块上降温。我已经和她抱在一起了，突然间，强光闪过，霹雳似的，仿佛宇宙被一劈为二。惊恐袭来的那一秒，我还以为自己担心的事发生了——是我爆炸了吗？我望向天空，祈求天主们宽恕我。

　　那时，我看到空中有一个男性器官朝我的方向飞来，比闪电的速度还快。我的眼睛差点儿被晃瞎。直到今天我还在口吃：我一试图描述当时的事，舌头就往喉咙里缩。那位女士，还好，她逃跑了。我还以为她会被爆炸的情景吓瘫，可是没有，从窗缝里我还看到她在街上狂奔。

　　您可以指责我的不是。我的后背像乌龟一样宽，很适合背锅。但是，事实就和我说的一样。那个飞过来的性器官刮了我一下，然后落在了电风扇的一个叶片上，就那样吊在天花板上转啊转，和马戏团表演的空中平衡术一样。

第八章　雄性的电风扇

我决定将风扇的转速开大一点儿，好让那东西借助离心力的作用掉下来。我将旋钮拧到最大，可是什么也没有发生——那玩意还挂在那儿，让人产生它是个活物的幻觉。它是在玩捉迷藏吗？

我给您讲一下，事故之前我在做什么：我让人准备了一些山羊，想让阁下您带回首都。现在好像不让山羊上飞机了，不过，对领导嘛，肯定会破例的，是吧？生活不能总是牺牲。那天下午，我让一些助手在后院里杀几只羊。爆炸的时候，人群四处奔逃，场面混乱至极，山羊都跳到路上去了，人们也抱头乱窜。过了一阵，那些人都聚集到鸡笼附近，那个倒霉蛋的靴子落在了鸡笼的棚子上。其他都无迹可寻：没有血迹，没有残骸，连点儿气味都没有。大家脑袋里都有一个问号，只是没有人说出来：巴基斯坦人的小弟弟飞到哪里去了？

我的太太到了，我只好撒谎。出事的那一瞬间是和谁在一起，这我不能告诉她。然而，威士忌酒杯暴露了线索。埃尔梅琳达太太，我的夫人，立刻开门见山：

——这里有两个杯子。

——是的，我和阿赫墨德少校一起喝了一杯。

——谁是阿赫墨德？

——是那个被炸飞的。保安队长。

——这位保安队长、上校先生，用口红是吗？

我咕哝了一句"谁知道呢"。谁知道那些亚洲人有什么习俗？那里不是有些男人穿着裙子走来走去吗？谁知道那裙子里面穿些什么呢？我指了指天花板，希望看到那士兵的器官能让她打消怀疑。只是后来我也觉得有些尴尬，那雄性的物件就挂在那儿，头朝下，挂在我家的天花板上。我可以蒙骗埃尔梅琳达，但是，其他人呢，他们会怎样想？我卷入了发生在我家里的这场爆炸。还有更糟的，他们会以为我和男人厮混在一起，而且还是棕色人种！

一开始，埃尔梅琳达有点儿懵，但随后她继续坚持着自己的疑问，她用手指摩挲着那不光彩的杯子上的标签。

——少校用的什么，嗯？

——你想什么呢，老婆？这是文化问题。

——被人抓到光着腚也是文化问题？

我无法接受这种语言。但是在当时，那乱糟糟的场面甚至帮了我的忙。其他的蓝盔士兵进来了，和我们部队里的人一起，东翻翻，西找找。没错，要找的正是那个巴基斯坦人的器官。我老婆一脸讥诮：

——哦，你们找那个啊？正好，可以问问行政长官先生。

第八章　雄性的电风扇

我指了指天花板，感觉两股间发麻。紧接着，一阵眩晕袭来，我瘫倒在地板上。他们将我整个人抬了起来，我意识全无，力气尽失。我昏迷了一会儿。一睁开眼，我把自己从头到脚摸了一遍，想看看自己是不是还完整无损。之后，我不禁面带微笑，长出了一口气：我也再次相信了那些爆炸案的存在，那些失踪者已魂飞魄散，化为齑粉。

他们把我安置在床上。此刻，我正一边卧床，一边写下这些歪歪扭扭的词句。还得请您拿出耐心来读我的自白。

我曾经通过前部长同志给您捎过一份报告，我承认，事实和我当时写的并不是完完全全一致。比那要严重得多。是这些爆炸者的事件。我甚至怀疑，这会不会是因为我的继子若纳萨尼而受到了魔法的诅咒。您知道，他混的一个帮派被怀疑和盗窃甚至毒品交易有染。我很担心，也是因为我曾把一辆急救车交给他使用，那是一个医疗项目的用车。我挪用了那车，让那小伙子去做一些运输生意。他乐于此道，也挣了不少钱。但是接下来，麻烦来了，有人说我涉嫌贪污，结果我只得交还了车辆。最近，有几个南非人想来我们这里长住，我正在让他们给我搞一辆新车。这是错误的做法？埃尔梅琳达坚决否定：会哭的孩子有奶吃。说到底，这一切是怎么发生的？如果道德这东西对我们毫无裨益，我们也必须整日把它挂在嘴边吗？好吧，这些更适合回到家里思考，是我个人的想法。我期待您的谅解。

现在，县里面众说纷纭，流言满天飞。老百姓们毫无顾忌，将爆炸传得绘声绘色。他们说大地会燃烧起来，因为执政官们弃传统于不顾，不进行祭祖仪式。这种说法流传甚广。我能怎么办呢？他们是黑人，没错，和我一样。不过，他们和我并不是一个种族。很抱歉，阁下，也许我是一个民族种族主义者，我承认。但是这些人和我不能相提并论。有时候，我甚至会为他们感到羞愧，从而心情沉重。和群众共事是很难的。我都不知道怎么称呼他们好：群众、人民、百姓、地方社群？一群天大的麻烦，那帮穷鬼，如果不是他们，我们的工作就容易多了。

我的夫人，前同志埃尔梅琳达，也帮不了我的忙。她酷爱权力和财富，但是受到了一些坏影响。有时候，她会去参加那个穆翰多神父主持的弥撒，根本就不是正宗天主教。我还怀疑她去找过巫师，那个泽卡·安多利尼奥。然后，结果就是，埃尔梅琳达对我大为光火，我们就连在出访公共场合时也会发生争吵。她甚至称我为"驴魔"，您瞧瞧。最后她说，穆翰多神父说得有理：地狱里已经盛不下那么多魔鬼了，我们尘世里只得接收多余的那些，就是从地狱里搬来的，您听明白了吧？而我们，以前的革命者，就是这些多余魔鬼的一部分。这都是那个穆翰多说的，我可以保证。过去我满腔疑问，现在我满身债务。这些都是她说的，不管任何事情，那个埃尔梅琳达总是喜欢添油加醋。

您一定很清楚，干行政领导这活儿捞不到多少报酬。幸好，世道变了，我们眼界越来越开阔，再也不会与贫困为伍。我已经有了自己的资产和生意，正在扩大中，我已经开始和来这里的那些南非人合伙，给了他们一些地，互相帮助嘛！但是这些事不宜对人言，我们一露富，别人就红眼。

阁下同志，我写这些东西，是因为在政治方面我们是一条船上的。俗话说得好："成排的房子，一烧皆毁。"尊敬的同志，我有这样一个疑惑：穆翰多神父说得是不是有道理？我们是不是应该为群众多做点儿事？因为就连蜗牛都从来不会丢下它的壳，而群众就是保护着我们的那层壳。但是，在某一个瞬间，群众会变成火，烧毁我们。我一想起这些，甚至会打冷战，我已经感到两只手在燃烧了。这种斗争，阁下，是生死之战啊！

火烈鸟最后的飞翔

最后，向您致以真挚的革命敬意！或者这样说：向阁下致以最崇高的敬礼！

县行政长官

伊斯特望·若纳斯

第九章

昏厥

第九章　昏厥

是狗在舔伤口吗？

还是死亡，借助创伤，

吻上了小狗的嘴？

——蒂赞加拉俗语

——现在先别看他。

我请求道。

——什么？

马西姆惊讶地问。

没什么，就是那个几天前出现的男人，那只倒霉山羊的主人。我们没能及时逃走，那家伙不依不饶地，带着哭腔问道：

——怎么办呢，老板们？

这一次，我指了指意大利人，他才是应该欣赏这场哭诉的人。我已经受到了告诫：施舍的话，即使给得再多，乞讨者也总会再次空手返回。然而这个男人可不是要饭的，他吁求得到另外一项赔偿：那可不是一只普通的山羊，那是一只宠物，与他形影相随，所以，只有给他若干只山羊才能使他满意而归。那只山羊就和一只狗无异，也会冲着猫吠叫呢。它还会摇动尾巴，比安娜·上帝保佑的姿态还文雅呢。

——*最好给他点儿什么东西吧。*

我向马西姆提出建议。

原来，这可怜的家伙腿上有残疾。他是替伊斯特望·若纳斯放牧的，不过，已经有几个月没有收到过报酬了。我不想听长篇大论的抱怨。如果马西姆不给钱，我都愿意给他掏点儿。但是联合国代表先生从口袋里翻出了一张纸币，是美元。那个男人仔细地检查了钞票，摇摇头，那钱看上去像是被损毁了。上帝原谅他对那神圣纸片的亵渎吧！他宁可要油腻腻的当地纸币。不过这还不算完，看到心爱的山羊死在自己脚边，他大受震撼，甚至开始全身发痒。所以，他现在得接受医疗服务，也许终身都需要。这可是一张纸币解决不了的顽疾。

意大利人听够了，他转身走向行政中心，留下那个受伤的牧羊人立在原地，将美元对着阳光鉴赏起来。马西姆已经进了那栋老房子，正从窗户里朝外望，我跑过去陪他。我们

第九章　昏厥

又验证了一下：行政中心里的无线电发报机完好无损，安置在一间只有他才能进去的屋子里。是我帮他安装的设备和天线。我们试过设备，一切正常。可是，那个意大利人感到一种不安。这是有道理的：第二天，无线电发报机就不在那儿了，很奇怪地失踪了。

此刻，马西姆手里拿着蓝色贝雷帽，忧虑不堪。又一个士兵只剩下一个生殖器！他该怎么写报告呢？说他们的人像肥皂泡一样炸裂了？在首都，联合国使团总部还在等待翔实的信息和可信的解释。他该怎么说明这一切呢？他现在只听到了半打神神道道的故事。他觉得如此孤单，似乎整个非洲都重重地压在他的心头。

——*愚蠢的麦当娜！*

他抱怨着，长叹一声。

叹气并没能使他如释重负。他现在不仅无精打采，还添了几分忧心忡忡：他会不会真的和时光丽娜做爱了？那些记忆真真切切地就在眼前，活色生香，他觉得自己做过了。

——*那又怎样，怕什么呢？*

我问道。

——*你不懂吗？如果我做了的话，可是没有采取任何保护措施！*

——*那么最可怕的是什么呢？得上传染病，还是重蹈那些被爆炸的士兵的厄运？*

我想开个玩笑，轻松片刻。但是利斯没有笑。我的那些玩笑话让他觉得更沉重了。他是以身犯险了吗？谁知道呢，会不会某一天，他也会燃烧起来，就像那些前蓝盔士兵？

——*我倒没想这些。*

——*说真的，你信不信巫术？*

——*我也不知道自己信什么。*

——*那种巫术应该是专门针对那些士兵的，你不用担心，马西姆·利斯。*

为了驱散不祥之云，我建议上街走走，丢下地图，漫无目的地闲逛。部长已经撤离了，留下了下一步工作的指示。关于调查工作，现在做主的是马西姆·利斯了，他是全世界派驻我们这个小镇的唯一代表。

我们在街头随意漫步，路过一些小贩云集的热闹街角。人群中闪现出旅馆服务生的身影。他看上去有几分窘迫。是时光丽娜派他出来的，让他找她的傻兄弟。

——*我们刚才没看到他啊。*

马西姆说。

服务生把我唤到一旁，小心翼翼地对我耳语：

第九章　昏厥

——别让那个白人听到我说话。

——怎么了？

——那孩子从家里跑出来了，说要杀了他。

——杀谁？

——意大利人。

杀马西姆？为什么？也许是出于忌妒，谁知道呢，害怕这个欧洲人将他的姐姐带走。只知道那孩子在蒂赞加拉的大街小巷里乱跑，甚至去了那些野树林子。时光丽娜提心吊胆，她的弟弟没有任何在这世间行路的经验。

我让服务生别太着急。要是看到那小伙子，我就陪他回奥尔坦西娅的房子，他的家。

——也是我的。

前台的服务生不好意思地补充道。

——我是奥尔坦西娅的远房兄弟。

——你是时光丽娜的叔叔？

——替我保密。

也许这并不是真的。在蒂赞加拉，谁还不是个远房兄弟？但是我相信了。他和我说时光丽娜在旅馆里过得不错，和在家里一样。每个人都只能是自己命运的囚徒。

马西姆游离在这一切之外，他抖了抖外套上看不到的灰尘，抖掉了几颗纽扣。纽扣怎么会脱落呢？肯定是本来就已经松动了。他笑了笑，想起来旅馆大门上掉下来的字母。他蹲下去，想把纽扣捡起来，然而这时，他看到自己的手指变形了，像石头一样僵硬，越是用力，越无法成功。他决定返回。我不明所以，他也一言不发。起初，他想着是饮料的后果。给他喝的到底是什么鬼东西？可是，接下来，他坐在了地上，发现已经站不起身了，甚至挪动不了地方。他抬起头，看到了旅馆里的童姥。那眼神难以言说，简直不似人类。马西姆喃喃地唤道：

——*时光丽娜？*

那女人抚摸着他的头。这是在那一刻他看到的，之后他告诉了我。但是那姑娘的动作并不轻柔。她揽过他的额头亲吻，活像要用双唇吮吸出他的灵魂。接下来，她拉过意大利人的手，引领着它抚摸自己的腹部，就像教他认识一块原本就属于他的领地。

——*马西姆·利斯？*

舒班嘎的声音将他唤醒了，他仿佛去了一趟另外一个世界。

——*您在地上躺着……不是晕倒了吧？！*

行政助理于那一刻赶来，正好看到令人诧异的一幕。我们扶着他站起来。欧洲人踉跄着，向后退几步，又往前栽几步，就像在寻找着自己。可不是嘛，他差点儿就一命归西，吓得不轻。他望向天空，但是立刻缩回了视线——那光线太过澄净耀眼。舒班嘎满身大汗，试图将他扶到一片阴影里。

——知道吗，我想和您聊会儿天，比较私人的那种。

意大利人仍然恍恍惚惚的。待在那里，他觉得孤独无依，很容易被击溃。他说想要返回旅馆，但是舒班嘎坚持着：

——从您一到镇上，我就想要和您聊一聊……有一点儿，非常私人的那种。

他瞟了我一眼，建议我回避一下。但是马西姆拒绝了，他想让我陪在旁边。他得给我翻译，他假托道。舒班嘎如鲠在喉，艰难地开了口：

——我知道很多事情。但是要让一个人开口的话，需要燃料。

——燃料？

舒班嘎看看我，这一次是为了寻求共识。我不动声色，就像什么也没听懂一样。他又转回话题，对意大利人说：

——您好好想想吧。我掌握的东西非常有价值。但是我们得互相理解对方的意思，您听明白了吧？

——我考虑一下。

外国人应付着。

——但是，拜托不要和其他人讲。

他随即转向我，不太礼貌地开口：

——你尤其不要和那一位讲……

——谁？

——你父亲，老苏布里西奥。

我知道，我家老爷子不太受官方人士待见。但是人们普遍尊重他，这是先祖留下的殊荣。舒班嘎说，我父亲生活在动物王国里，是有手段的聪明角色。行政长官第一次试图和他交谈的时候，场面颇为滑稽。他像模像样，将礼貌用语挂在嘴边，而另一位却浑不在意，鼻孔朝天，说着方言。意思是，我父亲没有和他讲葡萄牙语，而是说当地的语言。老苏布里西奥对任何大人物都不抱敬意，结果后来得到了教训。

意大利人站了起来，想步行回旅馆，但是那位官员认为不妥，坐汽车回去更安全些。还有，谁会尊敬一个不坐车的人呢？舒班嘎骄傲地指着一辆车：

——是一辆马力超强的涡轮增压柴油车。从前到后，全车都有空调的。

我们坐进了车子。舒班嘎拧开空调，又打开一罐啤酒。

他请我们也喝，我接受了。在路上，意大利人打破了沉默：

——*目前这种情况，我很担心。*

——*我也是。*

舒班嘎说道。

——*但是我已经让人从首都订了一个新镜框，一个整体的。*

到了旅馆，意大利人没有道别就下了车。我跟在他后面，注意到他走路的方式已经更轻捷了，那身体看上去也像是他自己的了。我们去酒吧里坐了下来。我们随便聊着天，只是为了打发时间。聊着聊着，我对他说：

——*你知道吗，马西姆，我很同情你，你太孤独了。我从来没法忍受这种绝对的孤独。*

——*怎么说？*

——*就算我从这里被连根拔起，扔到意大利去，我也不会过得这么郁郁寡欢，因为我知道如何生活在你们的世界里。*

——*我不知道如何生活在你们的世界里吗？*

——*是的，你不知道。*

——*这无所谓。我只想履行我的职责。你不知道这有多重要，对我，对我的职业生涯，甚至对莫桑比克。*

火烈鸟最后的飞翔

　　他对我解释了一番：我的安全系于其他人之手，他的则与职业生涯密切相关。我觉得他很可怜，因为他像一个盲人似的在摸索。他没有明白这个忠告：真相生着长腿，总是沿着谎言的道路行进。不仅如此，在蒂赞加拉，一切都只是过路而已，人们只是来此一游，而不是为了长驻。因此，当那些联合国士兵们抵达这里，也被称为"跳来跳去的蝗虫"。

　　——还有，您问得太多了。真相禁不住太多追问。

　　——如果不问，我怎么才得到回答呢？

　　——知道应该怎么做吗？说出你的故事。我们期待着听你们，白人，也给我们讲自己的故事。

　　——故事？可我不会讲任何故事啊！

　　——你会的，肯定会。就连死人都会讲故事的，他们通过活人之口讲故事。

　　——对了，我一直在问别人，还没有问你呢。当最早有爆炸发生的时候，你就一直在这里吗？

　　——我一直在。

　　——那你就是一切的见证者了。给我讲讲吧。讲讲自从发生爆炸开始，所有的事。等一下，我想录音。你不介意吧？

第十章
最初的爆炸

第十章 最初的爆炸

只有被编造的事实，

才能被认定为真相。

——蒂赞加拉人的信仰

当第一次听到爆炸声，我以为战争又回来了，带着军队，裹着喧嚣。我心里只有一个念头：逃。我跑过蒂赞加拉最外面的一排房子，回首望向这座我出生的小镇。我出生的那座房子的轮廓遥遥可见，再近一些是奥尔坦西娅太太的宅院，还有教堂的塔楼。小镇就像一只在穿越荒漠的乌龟，正在忧伤地与世界作别。

我在从未有人踏足过的森林里夺路而逃。千真万确，那片森林里从未有过人类的踪迹。我用树枝和叶子搭了一个小窝，非常简陋，像是动物的栖身之处——我不想被看出那里有人的痕迹。我有了一个庇护所，但不是居住地。受恐惧驱使，我躲在那个隐蔽的所在，只有当确认战争没有重来，我才会返回镇子。然而，第一天晚上，我就被周围野兽的叫声和幢幢黑影吓坏了。我瑟瑟发抖：我莫非是出了虎穴又落入狮口？

我坐在地上，想定定神。我的灵魂似乎出了窍，像一朵云一样飘浮在我躯体的上空。战争已经结束将近一年了。我们过去没有能理解战争，现在也不理解和平。不过，停火之后，一切似乎好起来了。但是对于那些最年长者，一切已经尘埃落定：先祖们坐在那里，有逝者，也有生者，他们唤醒了一段和平的时光。在这个新时期，如果那些领导们能尊重大地和魂灵之间的和谐，就会降下好雨，人们就能迎来好光景。关于这一点，我还是谨慎地保留疑问。我们的新领导们似乎不太关心别人的命运。我说的是蒂赞加拉的，其他地方我不做评论。但是，在我们镇子里，如今有那么多不公平的事，和殖民时期一样多。从这个角度讲，似乎那个时期并没有结束，只是换了一个种族的人来继续管理而已。

也许是太过精疲力竭，我最终待在了那个地方。一个变化悄然发生：我不再热爱那个镇子。或者说，不再热爱那里的生活。我曾经希望将我的土地变为一块备受荫护的福地，如今，这个信念消失了。这是现行体制的错。蒂赞加拉的那帮当权者，搜刮民脂民膏而日益肥头大耳，他们抢占农民的土地，为所欲为。嫉妒是他们最大的特点。但土地是有生命的：它们缺少家人般的爱护，缺少那种我们称为柔情的相互依存。新贵们横行在这片土地上，巧取豪夺，他们没有祖国。他们不爱生者，不敬死者。我怀念以前的他们。因为，说到底，他们虽成了富人，却一贫如洗。他们会因为几辆车、因为可以随意挥霍而沾沾自喜、自欺欺人。白天，他们说外国人的坏话；晚上，却拜倒在他们脚下，乞讨一些残羹。他们想发号施令，却不会治理。他们只想不劳而获、一夜暴富。

如今，在森林的边缘，我凝望着时间的流逝，一切都没有发生。我乐在其中：思考，却丝毫不起心动念。最终，我会不会变成一只野兽，用尖甲和利爪来思考？战争如何改变了我们？奇怪的是，我扛过了绵延十五年的炮火，却在如今的和平环境中销声匿迹了；并非卒于疾病，而是死于吃药？

在森林里离群索居的一个早上，我听到了异样的声音。林子里来了一些乔装打扮的人。我循声而去，万分小心翼翼。那些人偷偷摸摸，也不希望被人瞧见。我躲在灌木丛后面偷窥，看到了一些人影，有黑人，也有白人。他们趴在地上，好像在一条小径的边上挖掘着什么。突然，有一个人喊起来，声音清清楚楚地钻入耳朵。只听他用英语喊道：

——*注意！*

其他人停下了。接着，他们开始撤退，不慌不忙地。过了一会儿，他们再次将另一个东西围成一圈，趴了下去。他们在找什么？他们走了，我又变成了一个人。我等了一会儿，待他们去得远了，便走到他们刚才挖掘的地方。这时候一只胳膊拦住了我。

——*别过去，危险！*

我看到了，是我的妈妈。或者，不如说，是她的目光。是啊，很多年前，她已经跨越了生命的界线，再也不会回来了。然而，在那一刻，她出现在丛林里，披着她日常穿着的深色的裹布。她没有和我打招呼，只是指引我回到我的庇护所旁边。她在那里坐了下来，将围腰裹紧。我瞠目结舌，又变成了小孩子，等待着。那一刻，如果我们开口说话，是为了沉淀情感。然而，过于汹涌的情感夺去了我们的声音。现在，她转换了存在的状态，我也就完全接受了她恢复了视力这件事。

——*怎么回事，儿子？你住在野兽的地方。*

我用问题答复了她的问题：

——*现如今，还有什么地方不是野兽的吗？*

她笑了，却充满了哀伤。她也可以回答："有的，我如今的来处就是人住的地方。"但是，她还是保持了沉默。她围着灌木丛转了一圈，摘下了几片嫩叶。她用手指捻出叶片的清香，慢慢地将脸庞凑近，缓解着对那芳香的相思。

——是战争又来了吗，妈妈？

——战争从来没有走过，儿子。战争就像一年当中的季节轮回，会暂停，在下一代心中的仇恨里再次孕育。

——那您在那边都做些什么呢，妈妈？

我想知道她死亡的任务是不是已经完成了。她给我做了解释，慢慢地，讲了很久。她在用一种电池收集世界上所有母亲的泪水，想创造出一个只属于她们的大海。别用这种笑来回应我，你不知道哭泣的作用。泪水有什么用？泪水使我们相通，在眼泪里，我们能回到最初的本源。那一滴小小的水珠，是我们身体的内核，就像世界的肚脐。泪水可以映射出海洋。她还想说其他的话，但是再没有任何合适的词语。她感叹道：

——上帝啊！

我回忆起从前，当她醒来的时候，整个人总是被泪水浸透。自从我父亲离开我们，没有任何一个清晨，阳光洒下来的时候，她身上能有一块干爽的布。她永永远远都在哭泣。

不过，这些都是以前的事了，那时她还在患那种叫作"活着"的病。

——别待在这里了，战争还在踩踏着那些路。战争的脚印还活着！

——我在这里挺好的，妈妈。我不想回去。

我们在那儿待了几个小时，再没有说什么，只是拖延着时间。在森林边缘，我们又相聚了，我们想把这个奇迹再延长一会儿。天色已晚，她告诫我说：

——回到镇子去吧，一定会发生什么事的。

——妈妈，在回去之前，我想再听听火烈鸟的故事。

——啊，那个故事太长了……

——给我讲讲吧，妈妈，是为了打发路上的时光。我还有很多路要走。

——那好吧，坐下来，我的孩子。我给你讲讲。不过你要先答应我：永远不要踏上刚才你看到的那些人走的路。

——好，我答应。

于是，她讲了起来。我在心里逐字重复她的话，描画着她疲惫的声音。她幽幽地低诉着：有一个地方，那儿的时间里没有黑夜，只有白昼。直到有一天，火烈鸟说：

——今天将是我的最后一次飞翔！

群鸟们事先不知道消息，都沮丧地低垂着头。它们感到伤心，却没有哭泣。鸟类的悲伤不会直接化为泪水，据说鸟类的泪水聚集在一起，变成了还没有落下的雨。

听到火烈鸟的决定，所有的鸟儿们都聚集到了一处。它们要开一个会来讨论这件事。火烈鸟还没有到，会场已然是一片啁啁啾啾。你相信这些话吗？信不信都可以。总之，所有的鸟都在叽叽喳喳：

——但是它要飞到哪里啊？

——去一个没有任何地方的地方。

最后，火烈鸟飞来了，它解释说——世间原本有两个天空，这里一个，可以任凭鸟类展翅翱翔；另外一个，有着星星的那片天空，是飞不过去的。它想飞越那道天堑。

——为什么要飞往那段没有归途的旅程呢？

火烈鸟轻描淡写：

——嗯，那是比较远，但并非遥不可及。

然后，它飞入繁茂的杧果树丛里，迟迟没有再现身，直到其他鸟儿的耐心快消失殆尽。它们聚集在沼泽地的边上等着。待到火烈鸟出现，所有的鸟儿都向它行着注目礼，仿佛直到那一刻，才刚刚发现它的出尘之美。它仪态高贵，看上去高大俊美。其他的鸟儿排成了行，和它道别。有一只小鸟

火烈鸟最后的飞翔

还在央求它改变心意。

——拜托，不要去啊！

——我必须去！

一只鸵鸟加入了对话：

——瞧瞧我吧，从来也没有飞起来过，我背着一对翅膀，就像负载着思念。不过，我踩着地也很幸福。

——我做不到，我过够了被束缚在一个身体里的日子。

它接着说，它想去往一个没有阴影，也没有地图的地方。那里只有光明，昼与夜已经没有区别，于是也就没有了白昼。在那个世界里，它将安眠，像一片沙漠那样沉睡，忘记自己会飞翔，也抛掉降落在地面上的技巧。

——我再也不想降落了，只想栖息。

它抬头望去。天幕低垂，无边无垠。那天空的蓝似一泓碧水，映照在鸟儿们的眼中。

火烈鸟起飞了，如一道彩虹，又似离弦之箭。它开启了命定的飞翔，优雅、轻盈，摆脱了重负。就这样，它飞走了。可以这样说，那身姿像是天空展现的脊梁，而前方的云朵，就是它的灵魂。也可以这样说，是光本身在飞翔。随着火烈鸟双翅上下扇动，透明的天空一页页合上。它又用力拍打了一下羽翼，刹那之间，地平线发出红彤彤的光芒，大气层的湛蓝变幻为深色调，一片姹紫嫣红。天空像着了一场大火。就这样，鸟儿们首次见到了夕阳西下。当火烈鸟飞出天际，第一个夜晚降临在那片土地。

故事画上了句号。妈妈的声音消融在夜色中。当我望着夕阳西下，仿佛看到鸟儿们推动着太阳，将白昼推往另外的世界。

那是我在丛林中隐居的最后一夜。第二天早上，我已经回到了镇子里，就像一个人在梦醒之后返回自己的躯壳。

第十一章
第一个有罪者

第十一章　第一个有罪者

一个民族的废墟

始于普通小民的家中。

——非洲谚语

第二天，行政长官唤我过去。理由很清晰：我没有一直陪在意大利人身边。在行政中心的入口处，接待我的是舒班嘎，一如既往地傲慢。他没有正眼瞅我，指了指一张椅子。我在那里等着，看到一群白皮肤的人从等候区经过。助理先生谦恭地立起身来，亲切和善，不停点头致意。

——这些是什么人？

我问舒班嘎。

——是排雷公司的。

——还在排雷啊？

——非政府组织的那些人说所有的地雷都排完了。骗人的。还有好多呢。

——哪儿还有地雷？

——这我们不清楚。只知道还有，经常会发现。

我记起藏在森林里时看到的一幕：一群奇怪的人在丛林中搜寻着什么。我好像认出了刚刚出去的一位。我正想和舒班嘎澄清这件事，一个声音提醒我要谨慎行事，最好还是缄口不言。终于，秘书示意我进去，尊敬的阁下要接见我了。

——当我任命你做翻译的时候，你没有懂我的意思。

我一落座，伊斯特望·若纳斯便开口了。

——对不起，是没有懂。

——瞧见没有？现在你也还是不懂。你不懂我想让你做什么。

——做什么呢，尊敬的阁下？

——监视那个白人佬。那个意大利人不停地在各个角落里嗅来嗅去。

——但我以为他是来帮助我们的。

——帮助？！你不知道吗？！谁也不会帮谁，这才是真实的世界。你没听说过吗？俗话说得好："蝙蝠只在天花板上留下影子。"

行政长官接下来说了真话，他让舒班嘎监视我。他设置了一个三角监视系统：我监视意大利人，舒班嘎监视我，然后，他自己监视我们所有人。

——老实说，我对你有疑心，因为你的父亲。

——我和他没有关系，尊敬的阁下。

——没有吗？我不知道。你们是父子，我只知道，胡子和头发总是挨着长的。

还有，他强调说，为什么我家老爷子偏偏这个时候出现在镇子里？他突然返乡的原因让人费解。

——是的，什么理由？"理由"这词不太妥。什么动机？

我走的时候，他给了我一个忠告：要有理智。我加入的不是一场简单的游戏。他很明白自己在说什么。他眼含悲悯地看着我：

——我第一次来这里的时候，你还没有出生。你让我想起了那个已经去世的，嗯，那个女人……

我甚至打了个冷战。伊斯特望·若纳斯竟然以如此眷恋的口吻忆起我的母亲？！他看出了我脑海里的疑问，提醒我道：

——我是作为一名战士来到这里的。

——他们和我讲过。

——你永远不要忘记，是我解放的国家！是我解放的你，年轻人。

他用手势告诉我，可以走了。来到街上，我被嘈杂的人群吓了一跳，只听到他们在喊着：

——抓住了！抓住制造爆炸的人了！

人们在街上越聚越多，乱成一团。在人群中我发现了意大利人。看得出来他是匆忙出门的，还在用手拢着头发。我靠近他问道：

——发生了什么事？

——抓住了一个人。

我们挤到警察旁边，看到他们押着一个小个子、跛脚的男人。他背对着我们，但是，当他一转身，我认出了他——穆翰多·维尼亚神父。他光着脚，没有穿衬衣，像一个黑人基督徒一样，戴着一个不显眼的十字架。我分开人群，挤过去喊道：

——穆翰多神父！

——他们说是我制造了那些爆炸案。

——简直是胡说八道！神父，您没有解释吗？

——解释了，我坦白了一切。

——坦白？

——是的。正是我，让那些外国人爆炸了。

惊讶击倒了我。我看着意大利人，他从一个塑料袋里取出照相机。他刚刚能够聚焦，囚徒已经被带进了行政中心。一个警察对外国人发出警告：不许拍照，时机不宜。

意大利人申请进入关押那个教士的房间，但是被舒班嘎拦下了。事关重大，涉及国家内部安全。到了第二天，伊斯特望·若纳斯才允许我们去探视囚犯。

穆翰多神父正坐在一张巫医的凳子上吃早餐。靠近之后，他的饮食让我大吃一惊：一条浸泡在茶水里的炸鱼。他笑着说：

——*这样一泡，鱼就会变甜。*

他让我翻译他的话。我解释说这没有必要，但是他坚持着：

——*翻译一下！*

我觉得诧异，神父平时看上去总有些闷闷不乐，此刻却仿佛心花怒放。不过他最终没有给我时间去琢磨。他说话像连珠炮一样，就像一个时间将尽的人。

——*您看到我，会以为我是个失去理智的疯子。不过我无所谓。*

——*看在上帝的分儿上，我可什么也没有想。*

马西姆回答。

——*现在，听着，您永远、永远也不能给我拍照，也不*

能录音！您是什么身份，可以不经允许就录音、拍照？

意大利人低下头请求原谅，看上去很诚恳。他保持这个姿态，眉目低垂，接着听神父讲话。起初，穆翰多继续着他的抱怨，假设和意大利人交换一下位置。想想看，一群来自非洲的黑人出现在意大利，四处调查，刺探别人的隐私，意大利人对此会做何反应呢？

接下来，神父似乎准备提供一些信息，但不过只是佯作有意而已，因为他是这样解释的：爆炸的那个士兵是个丑八怪，卵蛋比牛马牲口的还大，甚至走在路上都能听到它们在叮当作响。神父这么讲，并非亲眼所见。士兵死后，流言满天飞，飘荡在非洲漆树的上空。众目睽睽之下，那东西被埋在国家公路上。

神父回忆说，为了给赞比亚人的器官找个归宿，他去找过被他称为"同事"的巫师。当时，已经有兀鹫盘旋在巨大的树冠之上。如果任凭那东西暴露在它们的视野中，将是一桩不幸的事。禽鸟要是啄食了外国人的睾丸，这世界就不太平了。禽兽不能越界到人的领地。最起码，也要征得同意。

——*就像您，来拜访我们，也不事先问一下。*

他指着意大利人。

他和巫师一起做了什么呢？他们将那个倒霉蛋的器官从

树枝上捡下来，扔到丛林的深处，那里只有野兽逡巡。

——我们应该把先生您也扔到那里去。

意大利人已经没有兴趣听他继续说下去了。神父的名声本来就不怎么样，现在关于他的传闻被确认了：这位神职人员疯了，忘记了自己的职责。听说他数次在大街上当众侮辱上帝。有一次，一个孩子痛苦而无助地死去，穆翰多从教堂里出来，当着所有人的面，质疑、冒犯造物主。他使用一些不堪的称呼，言语粗俗。

——你冒犯了上帝，是真的吗？

——哪个上帝？

——就是……上帝。

——啊，他啊！是真的。他不作为，我就辱骂了他。

这种亲近随意也是有道理的——他和上帝是同事，互相知晓对方的秘密。当他啜饮之时，上帝也在啜饮。因此，与其说他向上帝祷告，不如说他同上帝一起祷告。

——知道我真正的教堂在哪儿吗？不知道吧。在河边，芦苇丛里。

他爬上一个大箱子，从窗外里向外窥探，还叫我们和他一起看。

——瞧，我就在那里和上帝交谈。

火烈鸟最后的飞翔

——为什么是那里？

——那里有上帝的脚印。

穆翰多神父认为那是个神圣的地方，理由很简单：很久很久以前，魔鬼行将就木。上帝非常焦虑，没有了魔鬼，他就只剩下一半。因此上帝决定治愈他永恒的敌人。他做的第一件事是喝水。那时候只有大海，他饮下海里的咸水，连同水中的海藻和无机物。上帝出现了幻觉，对着宇宙呕吐起来。呕吐物是酸的，生灵们被那令人作呕的味道侵扰，变得病恹恹的。水变质了，植物纷纷枯萎发黄。牲畜不再产奶，而是流出了血。上帝也虚弱不堪，对此局面感到抱歉。因此，他虽然筋疲力尽，但是还是发明了河流。河流里的水来源于他最绵长的气力，他灵魂的血脉。但是，由于他元气大伤，已无力创造无限，所以河流不似大海那般无穷无尽。那些淡水奔涌而来，上帝一眼望去，便满血复活。不过，河流本身缺少一个归宿，它们需要大海来作为永恒的去处。就这样，水循环往复，再变成水。

——上帝就跪在那里，水退去的那块地方。

穆翰多遥指着河说道。

——一只膝盖在河的这岸，另一只在河那边。他俯下身子喝水解渴。

据说他喝呀喝呀，直到所有的泉眼都不再干渴。他望了一眼苍穹，将太阳关进双眼。光线太过刺目，一切都幻化成了海市蜃楼。他有一瞬间的短暂失明，这时从他的面庞上出现了一个人。那是第一个男人。上帝被强光所伤的双目中滑落出泪水，从泪水中逃逸出一个女人。那是第一个女人。他们两个人，男人和女人，在芦苇丛中沿着河流逆流而行。

——就在那些芦苇丛里，那是我的教堂。在那里，我俯下身子看上帝的眼睛。我通过水流和他交谈。

神父声明，有关他的一切传言都是真的。没错，全都千真万确。说他拜访过地狱，没错，是真的。不过，严谨的说法应该是地狱来拜访了他。而引领我们命运的，是魔鬼。

——需要请教一个魔鬼，来知晓另外一个魔鬼的住址。

他拿行政长官作为例子。他的继子杀人、贩毒。这个年轻人吸食吸血鬼的血。这众人皆知。他酷肖其母，娘俩是一个模子里刻出来的。第一夫人善于弄权，并没有任何权力赋予她该项权力。她将农民从山谷里赶出，那些积贫积弱的土地变成了她的财富。这众人皆知，然而也只是知道罢了，谁都无能为力。

——我已经受到威胁了，甚至连上帝都恐吓我。那些灵魂都是有血有肉的。

随后，神父招呼我们靠近，他想分享一个秘密。很简单：他知道自己会被送到哪里。他们需要一个借口，仅此而已。他将会被送往市里，那里的神父太多了，地位也随之降低。

——我根本不在乎。我已经厌倦这镇子了。这样我还可以免费旅行。

他转向马西姆·利斯，为他祝福。是他的祝福，不是上帝的。因为他知道，蒂赞加拉远在上天的护佑之外。

——多加小心，孩子。在这片土地上，丢失总比亏损要多。

我们返回了旅店。教士的疯狂似乎使得外国人情绪低落。他的天性本来就内向谨慎。那教士说得很多，讲得却很少。马西姆·利斯坐在要写的报告面前，咬起笔杆，任那些空白的纸页沉睡着。

我回到自己孤独笼罩的房间，怔怔地坐了一会儿，思索着这个意大利人的出现。为什么我们国家需要一个外来的调查者？在世人的审视下，是什么使我们不受信任？一片窒息中，走廊里飘来了一阵歌声，似祷告的音调，是时光丽娜。那可怜的姑娘在驱赶着幽灵。这时我感觉到意大利人在挠门。他进来了，一副焦虑不安的神色。

——*我无法入睡。做了一个可怕的噩梦。*

他梦到自己动身返回欧洲，在同一班飞机上，放着死去的蓝盔士兵的棺材。飞机降落的时候，等待他们的是庄严肃穆的葬礼。但是当步出机舱时，他发现棺材都变成了小盒子，只比火柴盒大一点点儿。但是对于里面盛放的东西来说，也不需要变得更大。那些小盒子上覆盖着天蓝色的微型旗帜，联合国的。遗孀们从装着遗体的棺材前走过，领取各自的盒子，放在手袋里。最后，当他们互相致意时，马西姆发现那些女人们都俯下身子，几乎碰到了地面。她们都变得巨大无比。马西姆终于明白了，他变成了侏儒。他从非洲活着回来了，但是失去了身量。

我望着马西姆，突然觉得，他确实有些不正常。我做手势让他安静些，听一听时光丽娜的歌声。外国人将身体蜷缩成一团，半睡半醒。

那位老妪姑娘的声音渐渐消失了。我在黑暗中陷入了沉思：有一些野兽，平时住在地下的洞穴中，只有在将死之时才来到地面。我希望自己是它们之中的一员。没有光，不需要日历。荫蔽所有的时光，将嘴巴和眼睛都尘封起来。当转到下一生，我会去住在另外那一边。

第十二章
父亲在静止的河流前做梦

第十二章　父亲在静止的河流前做梦

想知道猫在哪里吗？

去最热的角落里找找吧。

——谚语

如果想在黑夜里看清楚，

就用猫洗眼睛的水

洗洗眼睛。

——蒂赞加拉俗语

——我去外面晾晾骨头。

我的父亲总是一边出门，一边宣布着决定。他就像自言
自语般念叨着。多年来他一直如此。他总是感到骨头痛，全
身乏力，于是，上床之前，他要从骨头架子里解放出来，好
睡个舒坦觉。

如此这般，他几乎一辈子就是这样过的。我们在一起的

149

火烈鸟最后的飞翔

夜晚为数不多，一切都在重复中度过：我们埋头吃晚餐，按照他的禁令，沉默不语。吃饭时说话是要触霉头的。只能听到手指捻面粉的声音，将那粉末不断浸泡在干鱼的咖喱里。再有就是咀嚼声，堂而皇之地从上下颚之间传来。用罢晚餐，他起身宣布要出去放松骨架。随后他步入黑暗，要到黎明才返回，这时候他看上去宛如新生，如同清晨叶片上的露珠那般。我从未跟随过他，怕他看出来我的疑心。我确信这是他众多谎言之一。之前他的痴想妄念已经让我们莫名惊诧了。他靠着起誓过活。

当我们想让他有个交代时，他并不躲避。他抛出问题作答：

——*我们的身体是什么做的？肉，血，水分？*

不，据他所称，躯体是由时光铸就。一旦命中注定的时光流失殆尽，躯体也寿终正寝。当一切都结束了，所剩为何？骨头。这是时光带不走的，是我们矿物质的结晶。如果需要精心保养什么东西，那就是骨骼——我们身上内敛的、隐蔽的永恒之物。

我一边走向家里的老房子，一边回忆着这一切。老头子刚刚住进老宅，我去看看他。马西姆坚持要陪我一起去。我更想单独前往，我，还有我隐秘的心思。可是，那男人坦白道，他害怕一个人在旅馆里待着。

我们到了家里，并没有马上遇到老苏布里西奥。我喊了他，没有回音。我想要返回旅馆了，临走前，我决定去后面的院子看看。在非洲人的家里，一切都在这个地方发生。果然，他在那里待着，靠在那把旧椅子上。我们打了招呼。他还是沉默着，一副无所畏惧的样子，盯着河流。他拖着长腔的声音传来，我打了个寒战：

——你们听到鸟叫了吗？

一只鸟也没有。周遭鸦雀无声。但是我的父亲，只有他能听到火烈鸟尖锐的啼叫。这是他和那些长脚鸟之间的一笔债。渔民们称那些鸟为"救生鸟"。在狂风暴雨肆虐的深夜里，大地踪影难寻，是火烈鸟的鸣叫声指引着迷途的渔夫。

那些体型庞大的鸟也救过我的父亲。有一次他出海捕鱼的时候，船翻了，他已经在痛饮海水，汹涌的波涛和无边的夜色将他吐出吞进，这时他遥遥望到一群幻影，游动在没入黑暗的大地上。那是一些朦胧的白色，影影绰绰，出现在滔天巨浪的上空。最初，他心中闪过一个念头：

——上帝派天使来接我了！

来的并不是天使，只不过是那些粉红色的火烈鸟在啄着浅滩上的水草。在整个事件中，这种鸟类救人的天赋被验证了。从那以后，火烈鸟的叫声让我的父亲刻骨铭心，每当他感觉到迷失，这段回忆就会重现。比如，此时此刻，在我们家的后院里，并没有火烈鸟的身影。然而，他看到了，它们正朝我们家的方向振翅飞来。这是好的先兆。

我们的到来惊扰了他的视线。一望到我们，老爷子就不悦地嘟囔着：

——*出去吧。*

——*你应该欢迎我们啊，爸爸。*

老爷子将两手撑在膝盖上，从椅子上站起身来。他盯着我，满脸愠怒：

——*你现在在哪儿睡觉呢？*

不等我回答，一连串提问接踵而来：为什么离开了我们自己的家？为什么要接受这份差事，去给那见鬼的伊斯特望办事？为什么在这些谁也不管的事情里插一鼻子？

——*爸爸，你冷静些。现在是和平时期了。*

——*人往往在平静的水里淹死。*

他以手抚头，将后面的头发撸到前面来，竭力控制着自己不吼出来：

——*现在你还给我带了那个白人过来。*

他说他了解他们的做事方式，那些白人。开始的时候总是口角抹蜜。可是，这一套他可不买账。他什么也不会说的，那个欧洲人再巧舌如簧，也不能走进他的心。马西姆·利斯摆出一副郑重的姿态走近他，谦恭地说：

——可是，苏布里希奥先生……

——不要叫我的名字！永远不要！

我知道他的原则：人的名字是私密的，就像是生命里的生命。一个人如果喊出另外一个人的名字，需要得到准许。在他看来，意大利人的所为无异于一种侵略。老苏布里希奥借用我来给欧洲人传话：

——告诉他，我不允许。

马西姆住口了，尴尬无助地站在原地，进退两难。这时候，飘起了小雨。我的父亲一如既往地不躲避雨水。雨点儿兀自打在他的面庞上。他吮吸着雨滴，品尝了一下，得出结论：

——这是陈年的雨水了。

下的总是同样的雨，他一向这样讲。只不过中间会停而已，总是同一场雨。这是老苏布里希奥的版本。他期待着一场新的雨，崭新的，第一次降临这世界的雨。如此，这个世界将会从头到脚翻转，诞生出更美好的生命。

他仰头向天，满脸傲色。接着，对我们投来同样傲慢的

153

一瞥，重新落座，恢复了之前的冷漠。他一动不动，沐浴着雨水。我们待在那里，沉默不语，等着他发出下一个动作。我望着固执的父亲，好像在他身上看到了一整个部族，坐在他们自己的时光里，对抗着其他的时光。第一次，我为他感到骄傲。我甚至倾向于他不再说话。他面对着河流，坐在一把和大地一样古老的椅子上。他几乎纹丝不动，双眼茫然，像鳄鱼一样。对他来说，河流是他活着的唯一明证。过了一会儿，似乎已经睡着的父亲开口问道：

——*河水不流了吗?*

意大利人望向我，眼睛里闪烁着惊讶。我知道这个问题无须回答。事实上，他并不是想说这件事，而是有言外之意。每件事物有权成为一个词语。每个词语有义务不代表任何事物。他想说的是时间，就像河流停滞下来，而时间生长。

——*河水不流了? 嗯?*

——*流着呢，爸爸。*

——*还流着? 什么时候不流了，我就和那个外国佬说话。*

我们放弃了。我们回到宅子里面。父亲跟着进来，走到一处角落，粗布上面铺着一些硬纸壳。他伸了个懒腰，全身酸痛。那天晚上他不打算出去晾骨头了，他不信任那一带的黑暗。我们在客厅里睡下，突然被惊醒了，是父亲，他凑在我们耳边咆哮如雷。他斥责我，因为我在为那些毁了他的人服务；怪罪意大利人，因为他擅闯其他人的心灵。

——那个白人是哪儿来的？

哪儿来的？我解释了马西姆的身份，但是我敢保证他一个字也没有听到。我一再请他安静下来，然而，他不停地大喊大叫。

他对着我说话，仿佛意大利人不存在一般，但话是说给马西姆·利斯听的。他滔滔不绝：

——几个世纪以来，他们一直想把我们变成欧洲人，接受他们的生活制度。也有一些人，那些褪了色的黑人，甚至模仿白人。可是，他，如果必须要成为其中一员，就要从头到脚一模一样，完完整整。他要去往欧洲，在葡萄牙的中心得到一个位置。不让他去？那算怎么回事？到底他算不算葡萄牙人？哦，邀请别人到家里来，却把这个家伙安置到后院，与家畜们为伍？同一个家庭，同一栋房子。到底是不是？这个白人难道没有睡在家里最好的床垫上吗？

——爸爸，息怒吧，拜托了。这个人与那些事情毫无关系。

——你的问题在于，你知道的那些事年头都太短了。

155

——*我知道以前发生的事。我都记着呢。*

——*你记着，但是一无所知。*

比如，我知道吗，他以前有过正经的工作？我知道我出生之前他的职业吗？没错，他做了许多年的狩猎税务官。那是殖民年代，可不是开玩笑的。他得到了与白人一样的职位，这在黑人里几乎是独一份。谈何容易啊！

——*我经受了种族主义，却什么也不能讲，只能像蛤蟆一样咽着口水。*

之前在军队里的时候，他学到一点，只有在敌人靠近的时候才能开枪。然而，他的问题是，他与敌人靠得太近了，从而冒着走火打到自己的危险。或者换句话说，敌人在他的内部。他要进攻的不是一个外部的国家，而是内部的一个省。葡萄牙国旗不是他的。这他懂得。

——*但是，听好了，我还有别的什么国旗吗？*

即使他有另外一面旗帜，也没别的旗杆啊，只有用来升葡萄牙国旗的那一根。想明白了又能如何？我的母亲从来不接受他从殖民者的那一端开枪。与此相反，她引以为荣的是我们能为独立而战。就好像这个阵营里，所有人都纯洁无瑕似的。

他没有说得更多，言外之意我猜到了。他说话是指东打西，面向着我，其实是说给另一位听的。此刻，他才转向马西姆，直接对他说道：

——我只和你说一件事。

他停顿片刻，好像突然忘记了什么。之后他又做出了新的决定，吩咐道：

——你们跟我来。

我们起身跟着他，默默无语。我的父亲走在前面，坚决的背影在黄昏的迷雾里若隐若现。他步履如此坚定，就像是一个军人。不多不少，恰如其分。他走到罗望子树的阴凉里，手里似乎有什么东西。

——看!

我们伸头望过去，一无所获。他两手中空空如也。但是接下来，他面色冷漠地卷起袖管，两道明显的疤痕露了出来，一左一右，平行于两只手腕上。他的手指也付出了沉痛的代价——多年以来都动作迟缓，就像乌龟一样。

——他们就把我绑在这棵树上，用绳子捆得紧紧的，还往伤口里撒盐。

——谁?

——你们如今想帮助的那些人。

苏布里希奥的话对我来说不是新闻。当那些革命者到来的时候，他们说我们将成为主人，当家做主。所有人都兴奋不已。我妈妈高兴极了。然而，苏布里希奥却感到深深的恐惧。杀死主人？更困难的是杀死住在我们身体中的奴隶。现在，主人和奴隶都没有了。

——我们只是换了主人而已。

——可是，到底发生了什么？

发生了什么？他是殖民时期的税务官。我们懂吗？他这样一个黑人，为白人的势力效劳？他必须承受什么，我们知道吗？而且，他并没有抱怨过。他受过苦，再受一次就是了。但是人和玉米不一样，无法无动于衷地站立着死去。至少，他还有这份拒绝的权利——对别人的请求保持沉默。意大利人还在坚持着：

——到底发生了什么事？您的手怎么了？

我知道那一幕，可以讲一下梗概。我清楚地记得那件事，就发生在行政长官若纳斯走马上任之后。有一次，若纳斯的继子在光天化日下猎杀大象，被我父亲看到了。当时并非捕猎的季节，他也没有许可，于是我父亲就抓住了他。这回他可铸下了大错。埃尔梅琳达太太，长官夫人，大驾光临了监狱，宣称那是一桩政治迫害。

——放了我儿子！

第十二章 父亲在静止的河流前做梦

第一夫人命令道。

苏布里希奥没有遵命。埃尔梅琳达勃然大怒：

——你迫害我的家人！

行政长官紧接着就到了。接下来，仿佛咒语反作用于巫师身上，一转眼，年轻人就被放了出来，而那位税务警察，却被反绑双手关了起来。其他同事无比顺从地将他捆起来，并打了一个异常结实的结。苏布里希奥抗议说，他手里的血不流了。没用。没有任何一个同事肯为他说句话。埃尔梅琳达太太雪上加霜，在绳索上涂抹上盐，并下令只能在第二天给他松绑。

——而你，我的儿子，还和那些人搞在一起？

苏布里希奥回到面朝河流的那个阳台上。此时此刻，他不希望任何人打扰。除了落日时分飞翔在空中的小天使们，其他事物他一概无动于衷。他靠在一根柱子上，对我说道：

——我想救救自己，孩子。我想救救自己！

——好了，爸爸。我们这就让你休息。

——这就对了，去吧，把那个陌生人带走。走之前我还要和你说一句话：这很正确。

——什么很正确，爸爸？

——由你来做翻译。

他的解释我闻所未闻。我是一个特别的孩子，从我很小的时候，我的父亲就注意到了，天上的神借我的口说话。原来，我小时候生了重病，死神数次占领了我的身体，却从未能够将我带走。当地的智者们认为，那种抵抗力是一个信号：我会翻译逝者的语言。自从我出生，就在进行着这种翻译。如此一来，成为翻译也就是我与生俱来的使命。

——所以，可要留神了，马西姆先生。

老先生说道。

——你在听我说话吗？

——您请讲，苏布里希奥先生。

——得留神啊，你的话可能会烫伤我儿子的嘴。你明白吗？

——我明白。

——现在你可以走了，我已经和你浪费太多时间了。

他挥挥手，示意我们离开。他想回去一个人待着。我们已经走远了，忽然，远处传来了新的爆炸声。我们转回去，跑向老苏布里希奥的位置。他却仍然一副无动于衷的样子，继续出神地望着那条永恒的河流。

第十二章　父亲在静止的河流前做梦

——爸爸，你听到没有？

他打了一个手势，唤我上前。又做出一个手势，让意大利人远离。我把耳朵凑过去，他开口道：

——这是另外的一种爆炸。

——另外一种？什么意思？

他做了扼要说明：人们说只有外国士兵才会爆炸，真相并非如此。根据他的观察，有另外一种爆炸，也会杀死我们的人。这些爆炸同样真实无比，血肉横飞，刚刚发生的就是其中一起。

——爸爸，请告诉我，您都知道些什么……

他激烈地挥舞了一下手臂，做出坚决否定：没什么可说的，他已经说得太多了。

——你知道吗，孩子？嘴巴从来不会独自开口。也许在那个白人的土地上会，但是这里，不会。

——给我讲讲吧，拜托了。只告诉我一个人。

——儿子，你要明白一件事：在我们这片土地上，一个人，就意味着其他所有人。

我看出来，他不会再开口了。尤其是我还和那样一个人在一起。并不是他有多讨厌那位来访者，而是最好和非我族类者划清界限。他最初的誓言是绝不吐露半个字，但是事实并非总是如此。我了解他。他的心不够坚硬：他曾经爱过的一切，最终都顺水而去。现在，加上手腕上的伤痕，他的状态愈发糟糕。他不再有力气，也不再有信仰。但我的父亲还会开口，会的——通过别人的声音。

第十三章
傻男孩最后的傻事

第十三章　傻男孩最后的傻事

生命是印上苦涩双唇的一个甜蜜的吻。

　　　　　　　　　　　　——来自巫师的证词

　　那天清晨，我们回到旅馆，吃惊地听到一阵哭声。声音来自时光丽娜的房间。我们进去查看，发现她俯身扶着盥洗池，似乎是刚刚呕吐过。其实没有，她只是小心翼翼，不让任何一滴眼泪掉落在地面上。据说，被施过巫术的眼泪如果落地，会生出更古怪的玩意儿。我们肃静地待着，等待不再有眼泪滴落进白瓷盆里。她哭完了，抬起双手擦了擦脸，说道：

　　——我弟弟被他们杀死了。

　　她唯一的兄弟，继承了奥尔坦西娅财产的那个傻孩子。这个消息令人悲痛，给整个故事又添加了浓重的一笔。那孩子爆炸了。不过，这一次是真的爆炸，是自从战争爆发以来，我们已经熟悉的那一种。事实简单明了、残酷无比：他

火烈鸟最后的飞翔

踩上了地雷，双腿被炸飞，像一个布娃娃那样，四分五裂。在施救的人赶到之前，他已经在血泊里魂归西天。意大利人摇晃着我，激愤难当：

——*就是昨天在你父亲家听到的那一声爆炸。*

突然，时光丽娜将围腰在裙子上一卷，毅然宣布：

——*我要出去！*

——*你不能出去啊，时光丽娜。*

我拦了一下她的手臂，但是没能抓住她。她消失在走廊里。我想跟上她，无功而返，她的身影已融入了街上的人群。我回到马西姆·利斯的房间，如同第一次爆炸后发生的那样，一种预感袭上心头。意大利人的床上堆满了一摞摞的文件。马西姆一脸绝望，翻看着那些纸堆。

——*看！*

他指向一些散落的纸页和照片。

——*看！看！*

他的口中兀自重复着。我随机捡起几页纸，是空白的。

——*这儿什么也没有写啊！*

——*一点儿没错。你再看那些照片！*

那曾经是打印了照片的纸，但现在是空白的。这就是奥秘所在——那些纸张、那些图片并非原本空白，曾经写上文

166

字，打印上照片。那些是意大利人搜集的证据，是要提交给他的上司的。

——一切都被清除了吗？！你确认没有搞错，不是在另外一些纸上吗？

马西姆揪住自己的头发：

——我要疯了，我受够了！

他说自己头痛欲裂，我建议一起出去走走，呼吸一下新鲜空气。但是意大利人没有这个闲情逸致。我们出去了，却是走向行政中心，去探听一些消息。

路上，我们遇到了一位非同寻常的人——穆翰多神父。他被放出来了，正在街上信步游走，同时大喊大叫。我们正欲询问，他一把抓住我的肩膀摇晃起来，声嘶力竭，如邪魔附体，质问着上帝：他把那个连名字都没有的傻孩子带走了，不可饶恕。他必须偿还他，就在这人世，到了天堂就太迟了。意大利人惊诧莫名：神父被放出来了，他还想被关进去吗？

——这里没有真正的监狱。

我对意大利人解释说。

在行政中心门口，我们与泽卡·安多利尼奥擦肩而过。他是这个地区法力最强大的巫师。此人接受了命令，从行政长官的办公室悄悄溜出来。每一次这世界被爆炸声撼动，他都要来到长官们的居所工作一番，以驱退邪灵。

泽卡·安多利尼奥示意我们跟上来，他走在前面，用衣物遮住了脸。我们一路跟随。他在一棵树的阴影里停了下来。他将脸转向我们，盯着外国人瞧，仿佛认出了他。他开口了，最初用的他那个地区的语言。他是故意的，因为他会讲葡萄牙语。说了一阵子之后，他才改用葡萄牙语对意大利人说道：

——我见过你。

——应该是在刚才那地方吧。

马西姆·利斯回答说。

——不，我在我家里见过你。

——不可能，我从没去过你家。

他又请我帮着确认：

——我们去过吗？

——进来吧，那边的光线会使你的头痛加剧。

马西姆一脸迷惑——他怎么知道他在偏头痛？

——进来，这里暗一些，你会感觉好一点儿。

安多利尼奥有两栋房子，我们正站在其中一栋的入口。马西姆走进去，等着主人告诉他，接下来需要做些什么。巫

师吩咐他伸直双腿，脱下鞋子。这一次，我得翻译了。巫师
不再讲葡萄牙语，又用回了当地语言，他闭着眼睛说：

——有个女人来找过我。

——哪个女人？

——她请求我做一件事。

老巫师做了个手势，让意大利人把嘴巴闭上。老巫师
已经听不到意大利人讲话了——他低垂着双眼，好像已经知
悉那些没有讲出的事物。老巫师说，有一类巫术，叫作"厉
卡虎"。这些巫术有不同种类，每一样都是源自一种动物。
有一种源自蜥蜴的"厉卡虎"，会让人的肚子肿胀起来。
这种巫术针对的是那些贪心不足的人——那些家伙会被他们
的肚子吃掉。还有一种源自蚂蚁的"厉卡虎"，中了此种巫
术的人会缩小到和蚂蚁一般大。意大利人瞟了我一眼，我猜
到了他心中的惊惧。难道是这种巫术进入了他的噩梦吗？泽
卡·安多利尼奥停了下来，仿佛在考虑可以透露多少秘密。
他说道：

——现在，士兵们中的这种"厉卡虎"，来自蛤蟆。

——蛤蟆？

——那些家伙会肿胀得像猴面包树。之后，他们的身体
都盛不下自己了，就爆炸了。

169

是蒂赞加拉人委托他行使这种巫术的，出于当地人对外来者的忌妒。忌妒他们的财富、光鲜亮丽，直叫他们的女人头晕目眩。那些雄性外国人的眼神直勾勾的，理应受到惩罚。特别是那些制服笔挺的联合国士兵。

——对付那些蝗虫，我就是使用的这种巫术。

马西姆明白，"蝗虫"就是那些蓝盔士兵。原来，那种巫术始于所有人的起源——性爱。随着事情进行得如火如荼，人体就开始发烫、变形。中了巫术的人会不知不觉地肿胀，像一个吹气的蛤蟆那样鼓得可怕。最后，就在高潮来临的那一刻，爆炸发生了。

巫师讲完了，他睁开双眼，再次在客厅里踱步，就好像刚刚进来一样。他盯着外国人，脸上浮起了微笑：

——现在，我想提一个不太礼貌的问题。

——您随意。

——您和旅馆里的那个少女老妇做爱了……

——没有。我只是做梦了。

——您给我一个男人之间的回答：只是做梦了吗？那您的衣服……什么也没有发生吗？

意大利人沉默了。他脸上写着一个问号："那，为什么我没有爆炸？"但是他心惊胆战，一句话也说不出来。巫师

第十三章　傻男孩最后的傻事

回答了他没有提出的问题。

——您被处理了。

——处理?

——您被赦免了。我对您施展了乌龟的"厉卡虎",好保护您。

——您对我施巫术了?您为什么要这样做?

——是一个女人委托的我,让您幸免。

马西姆心中的害怕掺杂着疑惑,惊惧交织着恐怖。害怕源于未知,疑惑因难以置信,惊惧是担心得病,恐怖则来自巫术。他口中兀自重复着:

——一个女人?

——忘了这事吧,兄弟。

——但是哪个女人?

——算了吧,你永远不会知道的。

——我再问一次:哪个女人?

——您不想问问那些家伙吗,那些爆炸了的?想的话,就打开您的机器,我可以讲讲那个赞比亚人的事。也可以讲讲其他人。把录音机打开吧。不过,为了打开我的话匣子,您没有准备一瓶好酒吗?

第十四章
安多利尼奥的话

第十四章　安多利尼奥的话

野狗才能找到老骨头。

——谚语

我都知道些什么，关于那个失去阴茎的赞比亚人？还有那个巴基斯坦人？还有其他那些爆炸了的家伙？他们是如何被阉了，您想知道吗？听着，尊敬的阁下，每个人掉落的，都是留不住的东西。我，泽卡·安多利尼奥，就能牢牢守护好我的家伙。我不会处处拈花惹草。您知道，一切都会坠落，就连天上的云彩也会。谁会承受这些后果呢？谁也不会。我是认真的，先生。我不知道发生了什么事——无知者无罪。我们出生的时候，什么都知道，但是什么也不记得。后来，我们长大了，记性增长，见识却衰退了。但是，我，虽然是巫师，但是关于这件事，不但什么也没记住，而且一无所知。看得真真切切的目击者，那只有天使了。您最好去采访一下他们。采访天使吧，我尊敬的先生。

他们不会对您隐瞒的。

我还是要坦承一件事，上帝原谅我：我不喜欢现在那些外国人的行事。以前，那些人远道而来，带走我们的姑娘，但不是以一种随随便便的方式带走的，而是我们一起，挑选那些愿意走的女孩们。现在呢？时过境迁啦！一个陌生人，一转眼工夫，就已经为人夫了，没拜见过岳父，也不认小舅子，这在以前可是非法的。我看到您了，先生，别以为我没看到。您的眼睛是美女捕手。您的渔网已经深深嵌入了岩石。那个时光丽娜用鱼来吞饵，我告诉您吧，兄弟。

有一个秘密：在时光丽娜那儿，一切都是谎言。她不是处女。她和那个神父有一腿——我也是事后才知道。没错，一切都是暗中进行的，在窗帘后面。对穆翰多来说，教堂，总是有点儿什么用途的。他遮挡那些情事，以免引来无艳福之人羡慕的目光。您就放心吧，亲爱的马西姆，她的皮肤不会一直是鳞片状，那是阳光晒得少的缘故。会有一天，谁也猜不准，她会像蛇一样——她会蜕皮的，准备好投入哪个夏天的怀抱。

您听好了，先生，我也只不过是干点儿零活，为将来做些零零碎碎的准备而已。因为在我们这里，这个镇子上，没人能保证什么。就连土地也不能，土地是上帝的专有财产，在难填的欲壑面前也无法幸免。现如今没有什么属于我们了。那些外来人，无论是本国的还是外国的，只要来上一个，就把我们的东西连根拔了，甚至连土地都给我们夺走了。我说这些是有根据的，我不信任任何人，我们被推搡着前行，不知去往何处，也不知几时能到。

比方说，几天前，那位行政长官若纳斯下令，让我停止那些爆炸。我拒绝了——态度友好，但是拒绝了。如今，我得听命于若纳斯了？在这儿，蒂赞加拉？他是外来人，和先生您一样。我只对另外的力量言听计从。就像先生您吧，您并不对我们负责。您的上司在外面，不是吗？没错，我的上司更是在外面。您明白吗？

活着不难，就连那些死者都能做到。但是生活的重担需要由所有的活人来承担。而生命呢，尊敬的先生，生命是印上苦涩双唇的一个甜蜜的吻。您要当心他们，我的朋友。有些人并非因为惧怕死亡而活着；而我呢，不会因为惧怕活着而赴死。您懂吗，先生？这里的时光是用来幸存的。和您的家乡不同。这里，只有慢慢活的人才能抵达未来。只是驱离邪灵就够我们累了。我不是在花言巧语。别急，我马上就举例说明。

我说的是我们现在的长官们。我不应该这样讲，而且还是和您，一个远道而来的外国人。可我还是说了。因为这些长官们本应该像遮风挡雨的大树，但是他们的根要比叶子多——索取太多，给得太少。瞧瞧行政长官的那个倒霉继子。我预言厄运在等着他，那个年轻人将死于横财。

有人怀疑，面对那些人的权势，我的力量能否奏效。他们抛出疑问——鬣狗的眼中能看到山羊吗？但是我也可以回应：是脖子顶着脑袋，还是相反？没错，那个年轻人必须要学会——一颗杏仁可以压扁蚂蚁。我这样讲了，先生您可以去验证一下。如果要将锅烧热，行政长官的继子得先去捡柴禾。不过那是我们的事了，就此打住吧。

现在，您向我打听那些消失了的士兵，您问那个赞比亚士兵是不是死掉了。死？这么说吧，相对死掉了。怎么回事？您问我——"相对死掉"是怎么回事？我也不知道，没法和您解释。这必须得用我的语言说。这个小伙子也没法翻译这种事。任何语言里都没有词汇能将最要紧的部分表述出来。我只能创造一些说法了。我嘛，先生，我就像一头鳄鱼，一个丑陋的大块头，但是会生蛋，假装自己是一只小鸟。不过，我和那些动物们都不一样，我的牙齿不用来吓唬人。恰恰相反，我生牙齿是为了别人来咬我。我已经给我的敌人们提供了这项便利。您看出来我的涵养了吧？人们大谈特谈殖民主义，但这东西是否存在，我深表怀疑。那些白人做的事就是占领我们，不仅仅是土地，他们还占领了我们的人，在我们的脑袋里驻扎下来。我们就是淋了雨的木头。现在我们既不能用来生火，也不再拥有树荫了。我们必须在阳光下晒干，但太阳消失了，而那个太阳只能在我们身体里升起。您在听我讲吗？都听懂了吗？

我们一个个说吧。先生您会怀疑谁呢？我吗？您不怀疑那个妓女吗？可以看出来，您从没有当过婊子。我无意冒犯。因为那些爆炸的故事都是冲着她的一技之长去的，简直是拆她的台。

您仔细分析一下，那些爆炸的人剩下了什么？一条腿？一只眼睛？一只耳朵？那些家伙们只留下了那话儿。对的，其余部分人间蒸发了。没有那东西的男人我见过。现在，有那东西，没有男人，不好意思。您盯着我，一副郁郁不解的样子。我还要问您，可有谁能把海水抽干吗？同样，毫无二致，谁也无法将身体里的血抽干。那么我再问您，那些爆炸者的血呢？流到哪里去了，就连一滴也没剩下？先生您是白人，您不会知道答案的。

我再和您多说点儿。那个安娜·上帝保佑，她是为那些阴茎举行葬礼的人。没错，她把那些东西拿走，然后将其体面地下葬。那个女人，可怜啊，神志有些不清。每当少了一根阴茎，对她不啻一场丧事，每次爆炸，她都当一次寡妇。现在，那婆娘都建成一整座墓地了。坟墓大小不一，只有她知道每一座的位置。凭着一双可以看穿大地的眼睛，我可以确凿无疑地这么讲。那些阴茎是按照我们这里的规矩下葬的：面向夕阳，平放着；两个卵蛋都完整无缺，像孪生兄弟一样并排躺着。

我差不多说完了。只想再补充一条忠告：您走路的时候，仔细瞧好脚踩下去的地方。我给您下了乌龟的"厉卡虎"，是为了保护您。但是您千万不要，千万不要，随随便便地踩下去。大地有它自己的秘密通道。您听懂我的意思了吗？先生您会读书，我会读地面。

最后，我有一个建议。有的问题不该向人提出，而是向生命。您要去问生命，先生。但不是向这边的生命发问。因为生命并没有止步于活人的世界。它走得更远，去往逝者那边。您去寻找生命的另外一面吧，先生。

我讲完了。就差个结束语了。既然没有人祝福我，那我就给自己送上祝福吧：愿我比下雨时从天而降的穿山甲活得久。

第十五章

罗望子树

第十五章 罗望子树

谁能在死后飞翔？

是落叶。

——蒂赞加拉俗语

我没有抗拒。我回到自己的老房子里，在罗望子树的阴凉下陷入了回忆。望着那巨大的树冠，我想我们从来都不是这棵树的主人。恰恰相反，拥有这所房子的是这棵大树。它如王者一般，在院子里伸展着身子，将水泥地面撬起。我打量着地面，它被树根拱起，皱皱，断裂成碎片，让人想起蜕皮的爬行动物。

罗望子树投下浓密的树阴，好一处拥抱思念的天然之所！我的童年曾在这棵树上筑巢。当我还是小男孩，经常在下午爬到最高的梢头，就像登上一个巨人的肩膀，地面上的事情都不再与我有关。我欣赏着天空中的田野，云彩在疯长，鸟儿的影子掠过。还有火烈鸟，如天空悄悄射出的迅捷的箭。我的父亲坐在下方的树根上，指着那些飞禽：

——*看，又飞过一只！*

火烈鸟似乎飞得慢了些。随后，传来了母亲的呼唤声，喊我下去，喊父亲进去。

——*那个男人，那个男人……*

她叹息着。

——*妈妈，别管我爸了。*

——*我一个人，孤零零地扛着全家的生活！*

我的父亲并不是一直如此空虚懒散，没有事干。有一段时间他非常劳累，在远方的丛林里与野兽打着交道。然而那份工作对他并不友好。在国家独立前后，他都受了不少苦。之后，他进入了浑浑噩噩的状态，将日子停在了那条河的拐弯处。我的母亲伤心不已，叹息道：

——*你的父亲太糟糕了。*

老苏布里希奥对此不屑一顾：

——*你妈就像蟋蟀一样——她对安静过敏。*

——*而且她搞错了，他并非什么事也不做。因为，据他自己宣称，他忙着呢。*

——*我一直在学鸟类的语言。*

成熟的青杧果是他的最爱。他总是说，太阳在夜间成熟。人能做些什么呢？有些事情成就男人，另外一些成就人类。他感慨道，时间是所有往昔的永恒建筑师。确实，时间是所有往昔的永恒建筑师。比方说，他。他的命运来自名字苏布里希奥①。命运犯了一个错——让他在殖民时期当了一段时间警察。独立的时候，他被搁置一旁了，背上了背叛自己族人的恶名。

伊斯特望·若纳斯来到蒂赞加拉的时候穿着一身军服，在人们眼里有如天神。他背井离乡，拿起武器反抗殖民者。我的母亲对他大有好感。据说，那时的他和现在截然不同。那时他舍己为人，是个能够体察别人的他人主义者。他向境外出发的时候，已抱定不再返回的决心。他带走了伤痛，带来了一个梦想。这个梦想中有着美好的未来，任何贫困将不再有一席之地。

——这个国家将走向强盛。

我的母亲记得他宣布这个美好希望时的场景。我出生的时候，我父亲已经不再是狩猎官员了。伊斯特望·若纳斯也已经不再做美好未来的梦。是什么在他心中死去了？在伊斯特望的身上发生了这样的情形：他的生活忘记了他自己的诺

① 苏布里希奥：原文为"Sulplício"，与"sulplício"（意思为"刑罚""折磨"）一词相似。

言。今天吞噬了昨天。在我父亲身上发生的则相反——他不想生活在任何一段时间里。更多的我就无法理解了。我的父亲离开家的时候，我尚在襁褓中。不过他没有走出镇子。他待在郊区，在河的拐弯处，在穆翰多神父发现他的圣地的同一片芦苇荡里。被人撞见的时候，我的父亲总是一副疏离的模样。他不接纳自己。他受不了人们询问他的近况，会随即抱怨这个世界，抛出一个苦涩的问题：

——那土地呢，我们的土地，有人问过她感觉如何吗？

苏布里希奥对蒂赞加拉怀着赤子之爱。战火纷飞之际，许多人逃往首都避祸，就连政府当局人士都逃往更安全的地方。伊斯特望·若纳斯就是个例子，他也匆忙逃到了大城市。我的父亲则与此相反，他宣称若要他逃离故土，除非蝙蝠不再藏身于屋檐。他就像一棵附着在墙壁上的苔藓。

此刻，躲在罗望子树遮天蔽日的阴凉里，我闭上眼睛，陷入回忆。一个院子在我眼前浮现，但不是那一个。因为这个院子里有一个孩子。男孩儿的手中握着什么东西，我的回忆开始渗入了忧伤。那是从垃圾堆里捡来的小玩意儿。孩子们擅长把这类东西变成玩具。他们自有一套魔法，把世间诸物变成了一个拆卸游戏。那个玩具到底是什么？在梦中，我无法辨认。只是在虚无缥缈的记忆中，我看到那个孩子把玩具藏在了罗望子树的树根处。

一阵突如其来的声响让我睁开了眼睛。是我的父亲走了过来。

——你在找什么东西吗？

——不找什么。

他做了个手势，示意我等一下。随后弯下身子，在枝叶间拣出来一样东西。

——你是在找这个吗？

是的，那正是我的旧玩具。我慢慢地靠拢过去，看清了那样东西。我终于把它拿在手里，辨认着它的形状，是一只火烈鸟。我用铁丝和碎布头，做出了一只妈妈讲的故事中的神鸟。此刻，这个布偶在我的手中显得很不相称。我把它掷到空中，洁白和粉红的羽毛随风飘散，如永恒一般缓缓落下。我的父亲伸手抓住一片羽毛，用手指轻抚着。

与童年的那场重逢赋予了我意想不到的勇气，一个疑问脱口而出：

——我真的是你的儿子吗？

——不然呢，是谁的？

——我不知道，妈妈……

——妈妈们，妈妈们。她和你说了什么吗？

——没有，爸爸。她什么都没有和我讲过。

——那么我给你讲一件事吧……

然后他沉默了。他的声音卡住了，好像走到喉咙中间又放弃了。他尝试再次开口，但是再次放弃。他用手撸了撸脖子，似乎想要从外面把声音清理一下。不知过了多久，他重新开始讲话：

——你是我的儿子。再也不要怀疑。

他将手指放在唇边，做出封印的动作。他甚至可以告诉我，我是怎么被孕育出来的。我并不是在他们结婚不久就怀上的，也不是一次成功的。那时，他和我的母亲做爱时，天上总是会落下雨水。这对夫妻就在倾盆大雨之下例行缠绵，将世界和暴雨都视为无物。他们自有道理：他们需要年复一年地制造他们唯一的长子。他们爱无止境。他们认为，身体的每一次结合，都是在制造未来之子身体的一部分。

——今天晚上我们来做他的眼睛。

因为要制造这一产品，他们特意选择了一个明亮的月夜来做爱，并且是在沐浴着皎洁月色的一处露天。就这样，月明如昼，他们继续着制造孩子的工作。这样的过程持续了多久？他耸了耸肩膀——一个完整的孩子，也许一生都造不出来。

——你听懂了吗，孩子？你是我用整整一生孕育的。

　　我还是起了疑心。这个故事，是苏布里希奥在此时此刻的幻想。他想象出了这个制造后代的故事。如果可以称得上永恒，只是在幻觉里。然而，我接受了。归根结底，一切都是一种信仰。突然，他转移了话题，来了个一百八十度的转弯：

　　——那个外国人呢？

　　——马西姆？他在旅馆里待着呢。

　　——永远不要听命于他。

　　我和他走在一起，因为和一个白人并肩会为我带来尊敬。但是由他来发号施令，永远不会。即使在过去，白人们也不曾统治过这里。只是我们的疲弱给了他们统治的幻觉而已。

　　——现在这些人也不行，这些白人兄弟，骨子里的殖民者，只是自以为在发号施令。

　　他突然觉得说累了，执意让我离开。最后，他告诉我：

　　——他们在桌子上给你留了一些文件。

　　——谁留的？

　　——舒班嘎那个混混。他说不想留在旅馆让那个意大利人看到。

　　我打开了信封。读着行政长官的书信，我前所未有地感到了一种侵犯，好像他的文字在窥视着我。

第十六章
民族英雄的回归

第十六章　民族英雄的回归

撒出去的尿总是会落到自己脚边。

——谚语

尊敬的阁下同志：

写这份报告是出于此地情势的紧急，源于那些爆炸事件和爆炸性事件。形势十万火急，情况万分严重，已非政治-行政架构可以控制。我们怀疑，敌人破坏的意图，非常非常可能，是为了让我们失去世界的信任。我还怀疑那个穆翰多神父，甚至下令逮捕过他。但是他成不了什么事情。是的，我还怀疑安娜·上帝保佑，她的存在让许多人心头不得安宁。那个女人，没错，值得大书特书。

那个女人声名狼藉，给钱就行，基本上本地男性群体都为她的肉体买过单。就连我的私生活也被这个安娜搞乱过，使我高贵的品行蒙上可悲的阴影。流言蜚语不胫而走，在镇子上和河边一带广为流传。这可是千真万确，连那些渔民们都经常对我议论纷纷。尊敬的阁下同志，您说得太好了，普通人的伤口长在背上，领导们的伤口顶在额头上。这个安娜到底居心何在呢？我认为是报复。别忘了，在"生产大行动"①的时候，她曾经被抓起来，送到了一处再教育营。或者是和我有关的一个案子，没有解决好。就是那种情况：以牙还牙，爱债爱偿。

我家那位埃尔梅琳达一直坚持让我逮捕安娜·上帝保佑。我夫人对那个女人恨之入骨。她认为一切都再清楚不过了：那个妓女一手制造了爆炸。我知道她的想法，但是只能置之不理，因为没有证据。不然呢，我要问：我就直接过去把她关入地牢，好像我们的国家是个不讲人权的地方？更不要说，那伙外国人的鼻子还在旁边嗅着我们的动静。

我焦虑难安，简直是惊恐万状。那个意大利人，那个神父，那个巫师，再加上所有那些家伙，他们到底要做什么？什么时候才是个头？有一天我甚至做了个梦，我们举行了一个仪式，召唤过去的英雄们回归。尊格内、玛蒂度安内，还有其他反抗殖民统治的英雄们都来了。我们坐在他们身边，

---

① 生产大行动：莫桑比克政府在莫桑比克解放阵线党（Partido Frelimo）第四次大会后于1983年推出的一项计划，目的是将大城市的失业者重新安置到农村地区，让他们在那里种植粮食。

请求他们为我们今天的世界建立起秩序，驱逐新的殖民者，解除我们民众遭受的痛苦。那天晚上，尊格内和玛蒂度安内一起摇晃着我，命令我起身，直到我从梦中醒来。

——英雄们，你们在做什么？

——你不是请求我们驱逐压迫者吗？

——是的，拜托了！

——所以我们要驱逐你。

——驱逐我？！

——是的，驱逐你，以及其他滥用职权者。

您看到了吧？竟然做了那样的梦，简直让人羞愧。而且我还梦到阁下同志您了。和我一样，您也被踢出去了。我们的光荣历史的主人公们将我们踢出了历史。但是那个噩梦中最可怕的部分还在后面：那些英雄们威胁我的继子若纳萨尼，如果他不归还那些侵占的土地，他们就会让他从这里消失。接下来，在第二天，已经不是在梦中，而是活生生的现实里，我的继子不就失踪了吗？最后，好像是说他逃到邻国了。最糟糕的是，他还带走了我的一部分财产。造成这一切的，是可以解释的力量吗？

现在，尊敬的阁下，我要请求您的宽恕，我必须要做一个自我批评。因为，说到底，我们一直在亵渎祖先。我的意思是，换句话说，谁也无法相信的事突然就开始爆发了，这简直难以理喻。比方说，上个星期，有一头公驴子生出了一个小孩。就是生出了一个人，有皮肤，有头发，就像我和阁下您一样。噢，真对不起，不应该把您的尊姓大名和这些驴啊非驴啊搅和在一起。不过，这事就这样发生了，一个畜生，生下来一个人类的婴儿。还有更古怪的呢！那孩子落地的时候，脚上穿着一对军靴。这事太让人震惊了。当地广播电台的记者想发布这条新闻，但是我没有准许。这种事简直让文明和民主蒙羞啊！更不要说我们光荣的武装部队的名声了，没有鞋带的军靴就是其代表。那些见鬼的爆炸给我们带来的流言蜚语就已经够受的了。

他们叫我去给驴子的事情做个见证，但是我拒绝了。我承认，尊敬的阁下，我很担心。不是害怕，是担心。如果那一切都被证明是事实呢？该如何解释这些东西，才能与现时那些正确的思想不相悖呢？您明白我的意思吧？天上在装修呢，只是从云彩里时不时落下来一些铁锈。愿上帝原谅您吧，尊敬的阁下。我想问您一件事，阁下先生：您经常做梦吗？是的话，那些梦能让您安心吗？我不行。我醒来的时候，经常面部抽搐，手脚乱动。我和您说，那都是无意识的：我变成了一个经常下意识抽动的人，活像那些无路可走的醉鬼。

我分析了您的最后一封来信，您的结论很清楚，我完全同意：问题就出在我是一个南方人，不会说这里的话。但是我的夫人是地地道道的本地人，这能帮我的大忙。鉴于篇幅，我不再多说了，祝您对国家大事的领导永固，向为人民的利益而进行的资本主义运动致敬！

又及：在附言里，我要坦白一件事：我的夫人，就连她，也有了一些不寻常的举动。是这样的：一天下午，她去参加了那些民众搞的仪式。她去了。我以您的名誉这样讲，阁下，去这个行为本身就很严重。但还不仅仅是去了，她还在那里跳舞、唱歌、祈祷。千真万确，阁下，这并不是她本人告诉我的，而是我收到的安全报告。半夜三更她才回家，神色忧郁，疲惫不堪。她一言不发，不吃不喝，一动不动。突然，我听到她一声长叹，用从来没有过的语气说道：

——老公，今天晚上又一个士兵会爆炸！

您想知道更多吗？说的可是都应验了。因为，就在那天晚上，果真又一个联合国士兵出事了。那家伙整个粉身碎骨了，连点儿灰都没剩下，都被上帝带走了。我该怎么解释这些情况呢？我甚至怀疑埃尔梅琳达卷入了这些事情。但是这怀疑转瞬即逝了。亲手将她前夫儿子的母亲投入监狱，这我无法想象。

我能做什么呢？将我自己的妻子送到首都去？宣布她有羔在身，让她住进卫生中心，隔离起来？这简直是在白纸上写胡话，原谅我这么说。随信让人捎去您向我要的羊，还有一些苏拉酒。一共是七头羊、二十五件饮料。收到后麻烦您确认，以免中层干部们起了贪念。

第十七章
鳄鱼口中的鸟儿

第十七章　鳄鱼口中的鸟儿

我不满足于有一个梦想。

我要成为梦想。

　　　　　　　　　　——安娜·上帝保佑的话

我走进马西姆的房间，只见纸片堆积如山。

——不要告诉我，写下的字又消失了？！

——没有。

我打了个寒战。意大利人在收拾东西，他要走了。一阵意料之外的忧伤袭上心头。我已经对这个外国人有感情了吗？

——你要走了吗？

他只是点了一下头，表示确认。我用言语刺激他：

——你要放弃了，就这样两手一摊？你也丢弃了自己晋升的志向，路才走了一半？

——哪儿有路？

我无法作答。他有道理。只有一座迷宫。在这里耽搁得愈久，他就会迷失得愈深。就这样，意大利人默默地将衣服收进行李箱，就好像将他的灵魂折叠了起来。突然，他停下来，脸上浮起奇怪的笑意。他笑什么呢？

——你不是说，我应该讲故事吗？我现在想起来了一个。

——终于有故事了！讲讲看，马西姆。

——不是故事，是一段回忆。我想起来，当我的祖父在意大利老去的时候，他们对他做的事。

——他们做了些什么？

一天晚上，老先生被带到一个娼妓那里。他们把那个婊子叫到一旁，嘱咐她对他温存一点儿。只是温存就可以，无须性，也无须爱。说到底，那老人已经过期了，娼妓要做的只是给他唱催眠曲而已。他们瞒着老先生就这样约定了。第二天，他们还让她宣布老先生大获成功，并且为此付给她更多的小费。他比年轻人还要厉害！家人和妓女对老人的生猛大唱赞歌，共同演出了一场骗局。接下来的事也不同凡响，如此过了几年，那妓女从良了，只委身于老爷爷一个人，再也没有任何男人接近过她了。直到有一天，她怀孕了。没有人怀疑孩子是爷爷的。

——马西姆，你为什么突然想起来这件事？

第十七章　鳄鱼口中的鸟儿

——我就是那个孩子。

我什么也说不出来。他的这段陈述不像是真的。他为什么要把这个秘密告诉我？但是意大利人继续说着，有一种命运，是的，那个命运把他引领到这里，将他抛在遥远的异乡，最终还要把他交到一个知晓那些秘密的妓女手中。

——一个慈悲的圣徒在保护着我。

到现在他才领会到那种保护。接下来的夜里，他不再像之前那样恐惧难安。我知道为什么他被保全下来吗？他是不会爆炸的，因为他受到了仁慈的护佑。是一份爱使他活了下来。

——你相信这些吗，马西姆？相信我们这里的这些事吗？

重要的不是事情的真假，而是有人居中作为媒介。那是他感兴趣的唯一真相。

——那你觉得会是谁呢？

他相信是时光丽娜。他心里的声音这样告诉他。可我知道那个童姥无法驱动魔法。任何一个女人，在成为母亲之前，都无法让巫师为她服务。

——不是时光丽娜，是另外一个女人。

他笑了笑，是时光丽娜无疑。他继续收拾着东西。正在这时，一盒似乎是多余的磁带映入眼帘。他想起来了，是安娜的证词。那是他自己录的。一天下午，我去行政中心的时候，意大利人去拜访了那位妓女。

——原来你自己去了，没有带上我，你的官方翻译？

欧洲人有些不好意思。他开始找理由，我让他不必解释了。马西姆犹豫了片刻，最终还是打开了录音机，我们两个安静下来，开始听安娜·上帝保佑的声音：

您请听好了，马西姆·利斯先生，一个事实是嘴巴大，眼睛小。用这里的话说吧："驴子用软舌头吃硬刺。"这些事比您想象得要危险得多。为什么危险？先生您会明白的。想想那些鸭子。没错，就像那些鸭子，总是在嘴巴折断之后，才明白咬上的东西有多硬。

在这一切的中央，有血，有不曾被遮掩住面容的亡灵。那些亡灵们睡在清凉的夜露里，让夜晚得到净化。对于先生您来说，当然了，这不重要。在这里，重要的不是死亡，而是亡灵。您懂吗？还会死更多人的，我向您保证。别做出这副神情。我希望不幸与您擦肩而过，您看上去像个好人。

我是被"生产大行动"派遣过来的。谁还记得这回事？一辆辆卡车上塞满了妓女、小偷，诚实的人也混在其中，有多远送多远。全都是一夜之间的事，没有通知，来不及告别。当想清理掉一个民族的时候就是这样，全是肮脏的事。

蒂赞加拉甚至待我不错。这些人离群索居，好像不想被传染到。不过，他们并没有亏待我。一开始，我觉得自己就像一座监狱，没有栅栏，但是四面被围。我就像一个犯人，遇到了唯一一个可以与之交换人道主义感情的狱卒。

我问道：为什么教给我们人类这些狗屁玩意儿？做野兽多好，一切都随心所欲。我们可以强暴、噬咬、杀戮，无须借口、理智、道歉。而不幸在于此：只有少数人学习了人道主义这一课。

我曾经逃离过。我藏身于密林的最深处，那里就连一丝风也没有。我像死人一样，倒在一座桥边，桥下的河床已经干涸。我感到有人靠近，用双臂将我抱了起来。我就像蝙蝠的内脏一样轻。我被带到一栋美轮美奂的房子里，我的眼睛从未欣赏过那样的美景。我从来不知道是谁照顾了我。我筋疲力竭，头晕目眩，一切都如雾里看花。当我清醒时，发现自己被安置在一座教堂里。今天，我觉得那一切都是一场梦。从来没有过那样一所房子。即使有过，它也一定坍塌了，灰飞烟灭而不为人知。世界上所有的女人都枕着夜露而眠，就好像她们都是寡妇，都会玷污了净化仪式一样。就像所有的房子都会坍塌，而丧痛则会蔓延到整个世界。有时候，在转瞬即逝的欢乐时刻，我们佯装自己休憩在那迷失的

屋檐下。有时候，我感到自己和那救我的声音重逢，重返那庇护过我的居所。

蒂赞加拉最有权势的人害怕面对他们自己的渺小。他们被囚禁在致富的欲望里。因为老百姓不会原谅他们对财富的独占。这里的道德观是这样的：发财，可以，但是不能独吞。他们被当地的穷人监视，又被外面的富人窥探。我很同情他们，一帮幼稚鬼。

就这样，我学会了自己的生存哲学，就如收敛起光芒的夕阳一般低调。我非常懂得谋生之道。就像那些在鳄鱼的口中觅食的小鸟，在猛兽的牙缝里觅得一些残渣，而它也能接纳我。我在危险的中心定居下来。我的生活是利益的权衡，是在杀戮者牙齿和两颚间进行的交易。

这就是我学会的，朋友。知道我为什么喜欢您吗？那是看到了您穿过马路，看到您走路的样子。一个人怎么样，通过他走路的方式就能看出来。您走得很腼腆，就像一个去上学的孩子。这让我喜欢。先生，您是个好人，我从一开始就看出来了。记得您到的第一天，我们有过一场对话吗？您来的地方也有好人。这足够让我抱有希望了。哪怕只有一个呢！一个，对我来说就够了。

看到您的第一天，我对自己说，这个人会拯救自己。因为在这里，您需要沉默的智慧才能生存下去。知道一个白人智者和黑人智者之间的区别吗？一个白人的智慧，与他回答的速度成正比。而在我们中间呢，最智慧的是回答得最迟缓的那一个。有些人智慧超群，以至于从来不回答。

您做得不错，马西姆，您不想成为任何事的中心。这一点至关重要，关系生死。比方说，看看那些小鸟吧，它们停在河马的背上。它们的伟大之处就在于那躯体的微不足道。这是我们的艺术，我们变得强大的方式：在有权势者的背上歌唱。

不好意思，我得停下来这段自白了，您扰乱了我。您为什么这样盯着我？您有了欲望，对不对，马西姆？但是不能够。和您不能。如果您触碰了我，您会死掉。

——我会保护自己，我戴了安全套。

——不是那回事。这是另外一种病。

——那我会怎么死呢？

——这里的女人被那样对待……

——被怎样对待？

——算了吧，马西姆。算了，之后有人会告诉您一切。

以后的某一天，也许我们会重逢，在远离这一切的地方，谁知道呢？现在，我只告诉您那天晚上和赞比亚人之间发生的事吧。我从来没和任何人讲过，您将是第一个知道这些的。没错，那个士兵来找我，举止无状。那家伙甚至不想浪费时间来亲吻。您知道来找我的人什么德行。他就这样爬上来，毫无准备，比一条狗还要垂涎三尺。就这样发生了，他整个压在我身上，赤身裸体，只是脑袋上戴着一顶贝雷帽。他大汗淋漓，呻吟着，喘息着。那呻吟和喘息声越来越重，越来越急促，我知道快完事了，开始放松下来。就在那个瞬间，高潮还没有来到，那家伙爆炸了，灰飞烟灭。我吓得要死，只剩下一口气了。我紧紧闭上了眼睛。我以前听说过这事，外国人爬到姑娘们身上，会爆炸的。但是，这事从来没有在我身上发生过，从来没有。我不敢睁开眼睛，不想看到鲜血四溅，肠子挂在电灯上。可是，到头来，我并不用清扫战场。那男人像个气球一样爆炸了。一个大活人，凭空蒸发了，消失得无影无踪。

　　现在您可以走了。转身就走，不要回头，也不要窥视我。您会看到我的眼睛里升腾着欲望。走吧，我们还会再见面的。

第十八章
苏布里希奥手写的声音

第十八章 苏布里希奥手写的声音

我希望死于生命最好的处方

——正确的饮料和错误的女人。

——苏布里希奥的证词

那天早上，马西姆还在熟睡，我的父亲来了。老头步入我的房间，四处窥探，就像一只狗嗅着可疑的空气。他走到意大利人丢下录音机的桌子边，停下来。

——这是那种可以给声音照相的机器吗？

——是的。

——耻辱啊，儿子，真是耻辱！

——什么耻辱？

我问道。

对于他，答案不言自明：我怎么可以用那样一个盒子，把同胞的言语捕捉起来？我们的声音进了那个盒子，会遭遇什么样的命运？那东西被运到欧洲之后，不会被施魔咒吗？

谁能保证？那魔咒针对的是我们已经饱受欺凌的土地。

我决定解释点儿什么。我家老头子离这些现代化的玩意儿太远了。蒂赞加拉很偏远，他很遥远。但是，我吃了一惊，我正要开口解释，我的父亲让我把录音机打开。

——把这破机器打开。

——*为什么，爸爸？*

——*想看看我的声音怎么被写出来。*

苏布里希奥开始讲话。我请他离麦克风近一点儿，他说他不信任机器这玩意儿。他的声音洪亮，他说的话让我难忘。这些话被录了下来，比期待的还要精彩。以下是他说的话：

对你来说，儿子，你在学校里读书，地面就像一张纸，一切都写在上面。对我们来说，大地是一张嘴，是一个海螺的灵魂。时光是绕着这只贝壳攀爬的蜗牛。我们把耳朵靠在这个海螺上，可以听到开始的声音，那时一切都是古老的。

我的第一个记忆，是人们在猎捕火烈鸟。我们过去住在湖泊边上，那些大鸟也栖息在那里。你的爷爷带着我，还有你的叔叔去捕捉它们。他教我们要像个男人，要狠一些。你的叔叔躲在一棵杧果树后，手里握着一根长长的棍子。我的父亲则跑得远远的，小小的身形出现在远处，在盐田那边。

我看到他影影绰绰地晃动在那团玫瑰色的雾里，正午的烟气把一切都化为了幻象。

突然，你的爷爷拍着手跑了起来，发出吼叫来驱赶那鸟。火烈鸟是在飞机发明之后才出现的吗？它并没有和别的鸟那样立刻升到空中。它们自己发动起来开始飞翔。那些火烈鸟伸展着长颈，收起脚，长长的腿从沼泽地上掠过。那柔软的地面似乎拒绝着速度，减缓着死亡的到来。

那些长腿长脚的鸟群过来了，不顾一切地逃亡着。你躲在树后的叔叔准备好了。突然，木棍凌空抽打，呼呼有声，是棍子与棍子相击。声音传来，火烈鸟的腿突然被打折，落了下来，就像纤细的枝条遇上了狂飙闪电。

那大鸟跌落在地，灰色的泥沼里划过一道长长的玫瑰色痕迹。在弥留之际，火烈鸟白色的羽毛染上了灰浆，长长的脖子就像一条盲目的蛇。

你的叔叔叫喊着从杧果树后走出。我目睹了这悲惨的一幕，目瞪口呆。我父亲也跑过来，用当地的话命令道：

——杀死那鸟！

我的兄弟手中的棍子执行了死刑的命令。那鸟死了。那一击击中了我的灵魂——那鸟死在我身体里。然而，更糟的还在后面。晚上，我被强迫吃它的肉。我的父亲认为我缺乏

213

果敢，不能杀伐决断，所以我应该吃那残躯，好变成男人。我拒绝了。

　　——吃了它，嗨，就当是鱼好了。

　　他还打了我。直到我在黑暗中假装咽下了那肉。那样的夜里，我诅咒了我的父亲。你知道发生什么事了？他在那天夜里死去了。我听到了他的喊叫，整个人都发着抖，从嘴里吐出一根绿色的羽毛。你的叔叔迁怒于我，将他的怒火都转移到我身上。从那以后，他对我不善，并且污蔑我：

　　——那是个女里女气的东西！

　　我觉得自己好差劲，被那种羞耻折磨着。杀死火烈鸟是一项证明雄性的考试，我没有及格。我萎靡不振，觉得低人一等，垂头丧气。直到有一天，我认识了你的母亲，她将我从那无底的深渊中救了出来。男人就是这样，装作很有力量，其实是因为恐惧。她轻轻地碰了碰我，说道：

　　——你很强壮，不需要给任何人证明什么。

　　她还编了火烈鸟的故事。她说那是神话，是流传下来的。但其实她撒谎了，是她自己编的，只是为了安抚我那些噩梦。

　　我的父亲沉默了。他很动情，一种思念弥漫上他的喉咙。他出去了，站在阳台上，凝望着夜色。他站在那里和

第十八章　苏布里希奥手写的声音

我说：

——现在倒回去放一下吧，我想听听自己的声音。

我让录音机再现了那些刚刚落地的话，就像是回音一般。他听着，有些激动，不住地点着头。最后，他重申了一个命令：

——我不想让那个意大利人听这些话。听到了吗？我还不能百分之百信任那个家伙。

——但是，爸爸，那个意大利人在帮我们。

——帮我们？

——是的。他还有其他人，他们在帮我们重建和平。

——你误会了。他们感兴趣的不是和平。他们担心的是秩序，是这个世界的体系。

——可是，爸爸……

——他们的问题是维持那个让他们做主人的秩序。那个秩序是我们历史上的顽疾。

那种顽疾，据他所说，在我们身上造成了这种分裂：一些是主人的奴仆，另外一些则是奴仆的奴仆。那些权贵们，无论是来自外部还是内部，其赌注都是一个：证明我们只有被殖民，才能被管理。

——你刚刚说了，我不现代化。

——不是想冒犯您，爸爸。我刚才指的是录音机……

——从前我们想要文明。现在我们想要现代化。

归根结底，我们就是不想成为自己，我们继续是这一愿望的囚徒。在那一瞬间，老苏布里希奥显得特别健谈。他害怕自己流露了太多的思想。最后，他停顿片刻，补充道：

——把我的声音抹去，我可不想开玩笑。

第十九章
揭发

第十九章　揭发

暗夜给河马穿上了衣服。

——谚语

第二天一大早，意大利人就和时光丽娜出去了。他去河边辞别穆翰多神父。我决定去一趟行政长官的家，告诉他联合国的代表准备撤离了。然而，一到门口，我就发现那里乱作一团，传来喊叫和吵闹声。门虚掩着，无须任何许可，我推门而入。大厅里是伊斯特望·若纳斯、舒班嘎和安娜·上帝保佑。没有人注意到我的到来。

伊斯特望·若纳斯抓着安娜·上帝保佑的一只胳膊，将她拉近自己的身体，又推到墙上。口中喊着：

——婊子、婊子、婊子！

他下令将她捆起来，控诉她造成了外国人的死亡。舒班嘎请求他冷静一下。妓女倒在地上，行政长官的一只脚还是飞向了她。安娜·上帝保佑用一只胳膊撑着地，仰起头喊着：

——你这个狗东西！我要揭发你！

行政长官又是一脚。安娜流血了，脸变了形。我现身了，想看看怎样能制止暴行。行政长官惊讶地望着我。他肯定要命令我出去了。然而，安娜·上帝保佑的声音来得更响亮：

——杀人的是你！是你，伊斯特望·若纳斯！

——住口！

——是你让人埋的地雷！你杀死了我们的兄弟！

——别听她胡说，这个疯女人！

他对我说道。

——我看到你埋雷了，我看到了……

伊斯特望忍无可忍了。他命令舒班嘎：

——赶紧结果了这个婊子！

——你，若纳斯，别碰那个女人！

命令从门外传来。我们一起回头，看到了双手叉腰的埃尔梅琳达。伊斯特望揉了揉眼睛，难以置信。他的太太，这一回，确确实实像个贵妇，绝对的第一夫人。她再次下达命令：

——不要碰那个女人！

——你，埃尔梅琳达，不要插手这些事。还有你，舒班嘎，没有听到我的命令吗？给我结果了这个包袱！

——不许动，舒班嘎！

埃尔梅琳达下了相反的命令。

舒班嘎很奇怪地没有动。他要违抗主人的命令吗？这可是第一次。伊斯特望看着这一切，目瞪口呆。第一夫人穿过大厅，跪在安娜·上帝保佑的身边。她将手抚在她头上说：

——你会好起来的，姐妹！

安娜惊讶地睁圆了双眼。终于，她好像认出了那个在过去曾经救过她的声音，那个曾经给予她重生之祝福的人。原来，曾经救助过她、给了她在蒂赞加拉第一处庇护所的，正是埃尔梅琳达。

妓女点了点头，来回应埃尔梅琳达的善意，两个女人哭了起来。我们，男人们，寂静无声地听着。她们是主人，主宰着那里发生的一切。安娜在埃尔梅琳达的搀扶下坐了起来。她们穿过大厅，只听得埃尔梅琳达边走边说：

——你从这栋房子里出去，伊斯特望。

——从我自己的家里出去？！让我去哪儿？

——去找若纳萨尼吧。我再也不想见到你。

两个女人离开了。舒班嘎把行政长官叫到一个角落里，两个人窃窃私语了很长时间。他们肯定对埃尔梅琳达的突然倒戈迷惑不已。我猜他们会这样解释：这女人听从了泽卡·安多利尼奥的吩咐。是的，因为对他们来说，女人的思想只能在另外一个男人的脑袋里产生。突然，行政助理起身告别。他转向我，邀请我和他一起离开。

舒班嘎行色匆匆。他吩咐我回到旅馆，和外国人待在一起。他钻进汽车，一踩油门，扬起一阵烟尘。我沿着小路走到河边，看到了马西姆和穆翰多神父。时光丽娜在旁边坐着，倚靠着大树。我讲述了看到的事情。时光丽娜当即做出决定：去行政长官的家里。她要去支持安娜·上帝保佑，和另外两个女人待在一起。她们，构成了另外一个种族。

我们都沉默不语，穆翰多神父突然挥舞着双臂，好像在击打空气。

——*我早就怀疑这一切了！*

他早就发现有猫腻，但是地方上那些权贵布下了圈套。他们的手段简单而实用——足够多的饮料。这位宗教人士喝得兴致勃勃，最后虔诚地狂饮起来。他们就这样深挖并利用了神父的弱点，直到他因此不再被人信任。

——*现在你懂了吗，我亲爱的外国朋友？*

神父说出的想法貌似无比清晰，但又不可证。他认为，事情其实是这样的：被取出的一部分地雷又回来了，回到了同一片土地上。在蒂赞加拉，一切都混为一谈：交易的战争和战争的交易。战争结束了，留下了地雷，没错，密集的地雷。不过，排雷的工程拖了很久，却并非出于地雷数量的原因。从这些工程里挪用款项可是一大笔财富的来源，当地的大人们自然不会错过。最初是行政长官的继子灵机一动：如果在数目上作假，制造出无穷无尽的威胁呢？事实证明这是值得的。地雷被埋下，又取出。有些人糊里糊涂地被炸死了，这甚至是好事，使得计划更加可信了。但那全是无名小卒，默默死在一个在地球上籍籍无名的非洲国家的内陆。谁该为此负责呢？

——但是，后来发生了那些奇异之事！

——什么奇异之事，神父？

蓝盔士兵的死亡。那些外国人的爆炸毁了这个套路。爆炸的巫术吸引了多余的注意，使得欺诈难以为继。地雷的真实性需要血来证明，但只能是本国的血，跨境的流血不行。面对丑闻的发酵，行政长官传唤巫师，命令他立刻停止那一切。再也不能有任何一个联合国的士兵消失了。

——那泽卡·安多利尼奥呢，他是怎么回答的？

泽卡说了谎，他说那是外来的巫术。说那不是本地的事情，是被更强大的力量控制的。并且说他并没有插手那些超自然的异事。

——那我们现在怎么办呢，穆翰多神父？

——先生您不是联合国的吗？您应该救救我们，马西姆先生。

马西姆没有理会这嘲讽。他的脑袋里乱成一团：撤离的决定，放弃蒂赞加拉，这想法令人犹豫不决。然而他已经无力思考。这时候，穆翰多出了个主意：

——我们应该抓住那个无赖——行政长官。抓住他，还有他的狗腿子舒班嘎。

突然，时光丽娜奔跑着闯入了视线。她激动得几乎疯狂，带来的消息令人震惊不已。舒班嘎回到行政中心去找伊斯特望·若纳斯。在那一刻，行政长官刚坐上车，要去邻国和他的继子会合。当他返回，就要让舒班嘎去大坝上执行命令。

——什么命令？

——他们下令炸毁大坝。

——炸毁大坝？为什么？

——为了淹没这一切。这样，他们的罪行，就是埋雷的事情，就会不留痕迹了。

　　我们面面相觑。如果大坝被炸，十里八乡就都会被洪水吞没。事态已经发展到不真实的地步。这时，仿佛还嫌不够混乱，我的父亲从河那边出现了。和他一起来的还有泽卡·安多利尼奥和其他一些老人。我将事情一五一十道来，他立刻做出指示：

　　——去，儿子，赶紧去制止这场悲剧。去大坝上，赶在那个撒旦之前。

　　我们商定立刻出发。大坝就在那边，过了河就是。舒班嘎应该不会耽搁很久的。那些老人围在我身边。马西姆也在做准备。我的父亲宣布：

　　——你去，儿子。但是不要带这个白人。

　　——我想去。

　　马西姆坚定地说。

　　——你不能去。儿子，我命令你，这个白人留下！

　　——为什么啊，爸爸？

　　——因为这是我们自己应该解决的事情。我们自己懂得，也能够处理这事。你明白吗？

　　穆翰多神父将手放在外国人肩上，是想安抚他受到的排斥吗？泽卡·安多利尼奥摇了摇头，仿佛想结束事件，随后说道：

——够了，不能再请求别人来解决我们自己的问题了。

我准备出发，巫师还有赶来的另外一些人和我一起去。我们分成了组。一部分沿着河走，通知沿岸的人们撤离。另一部分沿着公路，试图争取时间，阻止灾难的发生。我家老头子叫住我，再次开口：

——带上这把手枪，给我杀了那个舒班嘎！

我不敢相信自己的耳朵。杀？是的，杀了那条虫子，他不是人。我拒绝了，我感到血液凝固，发不出声音。

——你不必在意，那不是人，就当他是动物。

——但是爸爸，您不记得了吗？您被迫杀死火烈鸟的时候，也下不了手啊！

——我说了，朝那个魔鬼开枪。连穆翰多神父都会祝福你的。是吧，神父？

泽卡·安多利尼奥帮我解围了，他从我手中拿走枪，别到自己的腰带上，说道：

——我来行使正义吧。

他指了指那把手枪，补充道：

——这将是我最棒的巫术！

第一组人走远了。我还待在原地，无数念头在脑海里穿梭，一阵羞耻使我迈不出步子。父亲放在肩上的手摇醒了我。他说的话我永远也不会忘记。

——还好，你没有接受我杀人的命令。我很高兴。

——真的吗？

——现在，我更是你的爸爸了。

我们这里并不时兴这样，但我还是拥抱了老苏布里希奥，紧紧地，久久地。我也不知道，这一刻是告别，还是开始。他将我推开了，他不想在人前流露那份脆弱。

——现在，你记住我的话。别忘了那条小路，那条从白蚁堆旁边经过的小路。如果世界……

——世界不会到末日的，爸爸。

——我的已经到了，儿子。

马西姆请求我们不要立刻出发。他想和泽卡·安多利尼奥讲话。他轻声做了一个简短的祷告，随后开口了，声音清晰又洪亮：

——请您解除时光丽娜身上的巫术！

他希望安多利尼奥能将他情人的年龄还给她。我们都沉默了。外国人不明白，然而那些事不是能放在光天化日下讲的。他坚持着，担心没有讲明白：

——把青春还给她。

我们相信巫师觉得自己被严重冒犯了。但是，泽卡·安

227

多利尼奥微笑着，回答他说：

——*你已经还给她了。*

他建议外国人去找她，和她道别。因为他不要想着能将时光丽娜带离这里。土地保留着人们的根，而女人则是土地的根。

——*现在你瞧，谁过来了？！*

巧合一般，从地平线处走来了时光丽娜，步履轻盈，仿佛行走在海市蜃楼里。意大利人没有耽搁，他拔腿踏上了一条小路，独自一人，动若脱兔。突然，一句呼喊传来：

——*停住，马西姆，那条路上埋了地雷！*

马西姆一时没有明白。当他停下来的时候，已经踏上了危险的小道。周遭鸦雀无声，一切都凝固了。我们在道路的一头，时光丽娜在另一头。那里，在地下看不到的地方，埋着夺命之物。外国人僵在那一片景物的中间，面对着致命的土地，双腿颤抖。没有人知道应该怎样做。他已经进入那片土地的深处。往后退，向前走，都是一样的危险。救救他——但是有谁可以呢？突然，时光丽娜喊出一个奇怪的命令：

——*来，马西姆，来我这里！*

为爱而疯狂吗？她怎么可以邀请他在那路上冒险？穆翰

多神父喊起来：

——不要动！

这一边，其他人的声音也纷纷响起来，让意大利人保持冷静。但是时光丽娜固执地坚持着，她用甜美的声音呼唤着：

——忘了吗，我教过你如何去踩地面？来吧，按照我教你的方法去走。

马西姆犹豫了。但是，随后——是信仰的力量吗？——他开始走了。缓慢地，整个身体轻放在脚跟上，一脚挨着一脚，轻柔不留痕迹。在我们的屏声静气中，马西姆·利斯走过了雷阵，就像踏水而行的耶稣。

第二十章
先祖的陌生子孙

第二十章　先祖的陌生子孙

灰烬飞扬，然而生了翅膀的是火。

——蒂赞加拉谚语

那天，我们连夜撤离了镇子。回到旅馆的房间，利斯就睡在了时光丽娜的臂弯里。镇上的人们沿着河逆流而上，想要赶在时间的前面，避免悲剧的发生。一组乘独木舟出发，我则步行，走入黑漆漆的夜色和蚊子群。我们并没有走出太远，因为那些沿着公路走的人抓到了舒班嘎。大伙把他带到了蒂赞加拉，带到泽卡·安多利尼奥和我父亲面前。所有人聚集到一处巨大的篝火旁。舒班嘎最终没有执行命令，他的版本是自己追悔莫及：他是要回来揭露那一切的，他再也不服从伊斯特望的任何命令了，他早就想脱离权力机构了。意大利人来了，他感到这是一个让一切落地的机会。

——我和不和意大利人讲呢？

他期待着我做出肯定回答。我不作声，看他怎么办。舒

233

班嘎的表演让我觉得不舒服。

——*如果你拒绝服从命令，又为什么往大坝上去呢？*

果然，是为了避免其他人去到那里。这是他为自己做的无罪辩护。我的父亲站起身来，高声宣判：

——*泽卡，给我杀了那家伙！*

——*不。意大利人会知道你们杀了我。*

——*然后呢？*

——*然后，你们必须尊重人权。*

人们发出一阵哄笑。舒班嘎哭了起来，请求宽大处理。说到底，他并没有遵守伊斯特望下达的命令。甚至，他真的计划建立一支反对派政治力量。是的，国家、未来、国际社会，一切都需要更多的民主。而他生来就是为了从政，这是他与生俱来的理想。新的政治力量已经在酝酿中了。舒班嘎转向我的父亲，说道：

——*我甚至已经思考过，让你做蒂赞加拉当地的负责人。你有群众基础。*

那一刻，我等着听我的父亲大喊大叫，那些话超出了他平心静气倾听的范围。然而，出乎我的意料，他平静地回答道：

——*你不明白，除非是更高的指挥者，我才接受。*

——省一级的？

——更高。

——国家级的？

——更高，还要高得多。

其他人会理解成贪婪。然而，只有我才懂得，我父亲指的是其他的维度，另一种高度。那里高得无法触碰，人类及其不幸都抵达不了。

泽卡对我父亲做了个手势。我明白了，那不是死罪。他们决定饶那个倒霉蛋一命。但是，第二天，他要把第一夫人带离那里，去和伊斯特望会合。舒班嘎认为伊斯特望不想再见到他的妻子，而且，在国境线另一端，他还养了另一个女人呢。

——正因为如此，这是我们给他的惩罚。

所有人都散了，我留下来陪伴父亲。我们待在老房子的阳台上。夜深了。我们分享了几片面包和一杯茶。

——别把这些事透露给意大利人。

我问他，现在对外国人的观感是否有所改善。苏布里希奥沉默不语。灯光吸引来团团飞虫，一只被他打到了，一动不动。

——死了吗？

235

火烈鸟最后的飞翔

——装死而已。

随后他开始类比。在困难时刻，有些人会装死，而他，则装作活着。因为他的全部几乎都被死亡带走了，只留下了一部分在这边。他介意的不是外国人，而是我们，我们这个离散的家庭。

——你知道吗，最近这些日子，我特别想重活一遍。

男人没有妻儿，就像失去了镜子。因为我们相隔甚远，他变得不修边幅，胡子拉碴，蓬头垢面。没有人在乎他，他也不在乎任何人。

——可现在，我想离你近一些，儿子。我可以这样希望吗？

我喉咙一紧，无法作答。他懂得我的脆弱，接着往下说起来，没有停顿，好不让我因感情流露而尴尬。说到底，我是男人。

——因为我，这般老迈，被人遗忘，使我想起了我们的土地。

因为我们的祖国感受不到儿女对她的爱。我已经注意到我们的土地的命运了吗？它让人想起了那个男人，曾重生，最终还是死去。我看到了我们千疮百孔的土地。有些人来自国外，他们在这里埋下地雷；另外一些，土生土长，他们将整个国家变成了一个地雷。

——*儿子，你知道吗，更糟糕的是什么？*

——*是什么，爸爸？*

——*是我们的祖先现在把我们看作是陌生的子孙。*

父亲的话让我深感困惑。他不明白，很多时候，我无法领会他的言外之意。

——*你知道你母亲怎么说吗？用来哭泣的最佳地点，就是阳台。*

这是有道理的：阳台，眼前是变幻无常的世界，身后是家，第一个庇护所。随着一个夸张的手势，父亲宣布这场谈话告一段落。走到门口，他说：

——*你可以告诉你那个外国人朋友，明天我会给他讲，那些爆炸的士兵遇到了什么。*

——*真的吗，爸爸？*

他点头确认，随即进了房间。我为利斯感到高兴。终于，他可以将其使命善始善终了。我睡熟了，却做了一个令人心痛的梦，醒来时胸口还在窒息。梦的碎片和一些记忆交织纠缠，点点滴滴，都混在一起。我并没有爆炸，而是我的梦破碎了。这就是那天夜里最后的一幕，伴随着回忆与梦呓：在那个梦里，我坐在全世界最后的一块地方——白蚁堆上，周围是漫天大水，所有的河流都决堤了。白蚁堆是露出地平线的唯一岛屿，一些树冠在水中时隐时现，成为飞鸟唯一的栖息之所。

就这样，我在蚂蚁山上盘腿坐着，回忆起我的一生。最终，我回归了生命的初始：我的生命行将结束之处，也就是我的人生的起点。我的生命画出了一个圆。正是在那样的一个白蚁堆上，我的母亲埋下了包裹了我九个月的胎盘。我的生命的胞衣被埋在了同样一个小丘的西边，朝着夕阳。我们也经常会聚集在一个巨大的白蚁堆旁，我父亲让我在世界末日逃命的小径就通向那里。这个白蚁堆的位置远离我生活的中心场景，它矗立着，挑战着时光。有一次，狂风暴雨几乎将它冲垮，我的叔叔接受任务，去将小丘上的土覆盖起来。

——在教堂里，神父会给大家分享圣水。*我们这里有圣土。就是这个！*

他边说边让土壤从指缝间落下来。

他将那沙土撒遍了整栋房子。我问这样做的原因，然而他不想多做解释。我还是个孩子，不被允许对神圣之物多加探究，比如那土壤。还是妈妈告诉了我：

——*那个小丘上的土可以让大风不把咱们的房子吹跑。*

那小丘上的沙土铸成了大地的一只锚，安放在我们的土地上。我们的房子就是我们的命运系住的一叶舟。没有河，也没有风。我母亲履行了成为妻子的使命，而我没有履行做一个儿子的使命，所以她看不到我。如果不是生活的这些磨难，我一定会更容易被她感知。

此刻，数十年后，作为孤独的幸存者，我坐在那里，坐在地球最后一块余土上。四围水流汹涌，牛角、树干和草屋的棚顶从我身边漂过。万物的碎片挟裹在水中，仿佛整个大地都沉没了。玛泽玛河似乎变成了一面倾泻着巨浪的大海。

就在那时，我恍然看到了一只木筏。它漂浮在河面上，逆流而来。原来，那是一个无根的小岛。有人在岛上挥舞双臂做着手势，是那个傻男孩儿——是他在为小岛掌舵。那艘岛船从白蚁堆旁漂过，没有停留。我呼喊起来，岛上的人似乎听到了，但没有看到我。那里有我的妈妈，还有奥尔坦西娅姨妈。其他的逝者遥遥张望着，好像在重重迷雾里寻找。我站起来，声嘶力竭，绝望地喊着，但是他们没有看到我。我的父亲的话在耳边响了起来，沉甸甸的：

——*我们的祖先现在把我们看作是陌生的子孙。*

所以，即使看到，他们也已经认不出我们了。

尾声
一片被土地吞噬的土地

记住的事我不会再提。

只有那些忘却的引人思念。

如果经历得最多的

是从未发生之事，

何事值得铭记？

——苏布里希奥的话

　　直到第二天的黄昏，马西姆·利斯才回去。和时光丽娜共度的时光使得他眼中有光，像熠熠星光，却是闪烁在忧伤的夜空。

　　那天夜里，晚餐之后，我的父亲步入黑暗之中。我跟着他来到河边，走在高高的苇草丛中。这是我第一次尾随着他，想窥一究竟，那神奇的"晾晾骨头"到底是怎么一回事。随后发生的事让我目瞪口呆、心惊肉跳：在小树丛后面，我看到父亲将骨头从身体里取了出来，将它们挂在了一棵树上。只见他将骨头一块一块地挂到那个天然的晾衣架上，小心翼翼、又熟练无比。

接下来，失去了内在骨骼的支撑，他瘫倒下来，软软地躺在地上，活像一个半死的泥人，一团会喘气的泥巴，一块巨大的海绵。他全身只留下了颌骨。那是为了讲话，他后来解释了。比如可能会需要喊叫，以紧急求助。

父亲发现了我，愤怒地瞪了我一眼。他瞅着挂在树上的骨头，急切地说：

——别让那个白人来这里。我不想让他瞧见我这个样子。你去给我看看，那家伙在哪儿呢。

外国人已经在我们的老宅里沉沉睡去。我一声长叹，抬头望向夜空。在密林深处，玛泽玛河拐弯的地方，我们在这里做什么呢？这里能望到那棵罗望子树，高高地从我们的院子里伸出来。我打了个寒战：在那最高的枝头，一只猫头鹰正在盯着我。更准确些，它在死死地盯着我的父亲。

此时此刻，我的父亲躺在那里，仿佛没有重量似的，就像丢了壳的蜗牛一般虚弱。他似乎猜到了我的想法。他让我把他挪到树下，想离悬挂的骨头更近一些。前一夜受到的惊吓让他更加小心谨慎：夜深人静时，奇怪的噪声将他惊醒。难道是鬣狗在啃那些骨头？不在的那些部位隐隐作痛。没错，正是。不是真正的鬣狗，而是人型的畜生。再详细一点儿：它们长着镇上长官们的脑袋。是那些政治领导者们，化身为野兽逡巡在那里。每个人的嘴里叼着或是一块肋骨，或是椎骨、颚骨。我父亲想站起身子，逃得远远的。可是他失去了骨骼，只能蠕动着，像无脊椎动物那样扭动身子。他看着那些大人物们饕餮地啃着骨头，还能发出质问：

——你们怎么能吃得这么肥胖，都已经没有活人可供你们狩猎了，只剩下穷人了？

一条鬣狗这样回答：

——因为我们不断地掠夺。我们掠夺了各地，掠夺了整个国家，直到只剩下了骨头。

——然后我们噬咬一切，反刍，再次吞下。

另外一只鬣狗补充道。

然后他们将我的肉卖给外面来的狮子。他们自己，国家的鬣狗，以啃骨头为乐。突然，狂风呼啸，暴雨倾盆，那些怪兽们消失了。地面上散落着来自不同身体的一堆堆骨头。我的父亲痛苦地拖着身子，在骷髅堆里挪动着。怎么才能区分出他自己的骨头呢？骨头和石头长得差不多。

——我知道，他们想窃走我们的灵魂。但是骨头……

苏布里希奥从噩梦的回忆中抽离出来，换了一种语

火烈鸟最后的飞翔

气说：

——现在，发现我这个状态的是你。

——对不起，爸爸。我从来不信您能这样。我一直怀疑来着。

——我做的许多事你都不知道。

摆脱了沉重的骨骼，他睡得香甜多了。他描述道，没有骨头的身体，就像无根的云，轻盈无比。

——你也应该试试，这是可以学的。人舒服得像做梦呢！

——但是，爸爸，把我们身子里的东西挂在树上？

——想要个更神圣的地方？这样和你说吧，现在就去找一棵好树，它将是你最永恒的伴侣。

我对他笑着，心里有一丝苦涩：我和爸爸，我们在一起这样开心的时刻太少了。就在那时，我听到了马西姆·利斯的脚步声。外国人一觉醒来，从家里出来找我们了。父亲赶忙说道：

——快，用毯子把我盖上！

我将毯子扔在他身上，遮住他变形的躯体。外国人在旁边坐下来，抖了抖他的制服。有些灰尘并没有随着他手的摇晃而掉落下来；相反，有更多的灰尘沾上去。意大利人这副灰头土脸的样子，就好像被土地吃下去了一样。他凝望着黑漆漆的夜，夜色前所未有地无边无际。过了一会儿，他问：

——怎么样，苏布里西奥先生，我们的人是怎么消失的，您还打算给我解释吗？

——要给你讲述的人不是我，是这块地方。

——地方？

——是的，就是这块地方，所以我们才到这里来，不然，在镇子里我就可以给你讲了。

我父亲解释道，他只能在一个神圣的地方讲述，就在这里，玛泽玛河河畔。我们三个待在河岸上，望着河床。老苏布里西奥缓缓道来：

——我是和穆翰多神父学的。在这里，我也和上帝交谈。

意大利人听着，但好像什么也没懂。他摇着头，想要撤了。但在某一个瞬间，他奇怪地盯着我的父亲。他的眼神甚至让我担心，父亲没有骨头的样子令他生疑了。然而外国人还是回到了那所大房子，过了一会儿，他的窗帘后又亮起烛光。

我和父亲也睡下了。我们躺在夜露里，被夜色包裹着。一眨眼工夫，他就睡着了。我又听到意大利人走近了。家里闷热难当，他宁肯来外面喂蚊子。他带来了一个口袋和一条毯子，他将所有东西都摊在地上，口袋和里面的东西权作了枕头。不久，他也睡着了。随后我也坠入了梦乡。

突然之间，我惊醒了。我的脸庞感受到来自地底深处的热气。我朝四周一望，几乎昏了过去：就在旁边，曾经是大地的地方，现在一无所有，唯余一个巨大的深渊。素日的风景消失得一干二净，连同地面也失踪了。我们在一个无边无际的空洞边缘。我叫醒了我的父亲，他惊恐万状：

——*我的骨头呢？*

那棵树无影无踪。骨头们遁入了虚空。连同那整片风景，房屋、镇子、公路，一切都被虚无吞噬。发生了什么事？有人凿了一个大洞，是的。许多人合力凿了一个硕大无比的洞。然而，这样规模的一个天坑，只能是超自然力的杰作。

我们叫醒了意大利人，他无法相信眼前的一切：整个国家凭空消失了？是的，整个国家都被那片虚空吞噬。置身于世界的最后一个边缘，面对那从未见过的巨大裂缝，马西姆·利斯目瞪口呆：

——*我的报告呢？！我的那些档案呢？！*

我们无法理解他的忧心如焚。不过他进行了解释，几乎要哭出来：他装报告的公文包在镇子里的行政中心，和其他所有的一切一起，都消失在这虚无的深渊里。他该如何向上司交代呢？怎么去解释一个国家整个消失？他会被降职，或者更糟——因为危险的疯言疯语而被关进医院。

意大利人朝深渊的边缘挪动了一点儿。一阵晕眩袭来，他后退了一步，双手支住后脑勺，仿佛马上要昏倒在地。我的父亲说道：

——*把我抬到稍微远一点儿的地方，这里不安全。*

我和马西姆抬起他。父亲比一个空口袋还要轻。不仅如此，他全身已经变形，瘫软，失去了平衡，从我们的双臂间坠了下去。

——*我很难抬，是不是？要知道，骨头虽然沉，却会让我们变轻。*

我们离开了那个巨大的空洞，坐在一片树荫下。我的父亲让我们凑近他。他的神情严肃，语气郑重，他知道为什么整个国家消失在无底的深渊里。

——*那是祖先们的杰作……*

——*不要吧，又是祖先？！*

——*请你保持尊重，马西姆先生。这是我们的事。*

我父亲继续讲了下去。他之前已经听到了风声。他能收到魂灵的信息，泽卡·安多利尼奥甚至也对他讲了一模一样的事情——祖先们对国家正在发生的事情很不满意。这是逝

249

者对生者的判决，令人心痛。

　　这样的事已经在非洲其他地方发生过了。这些国家的命运被交到了野心家的手中，他们像鬣狗一般进行着统治，只想着快速增肥。为了反对这些倒行逆施者，人们可谓无计不施：有魔法的骨头、山羊的血、可预言的烟雾。人们亲吻石头，向圣人祷告。一切都无济于事，那些国家的情况并没有任何好转。没有人爱那些土地，没有人尊重其他人。

　　诸神看到那里已经无药可救，便决定将那些国家转移到大地深处的那片天空。于是我们被带到了那里，茫茫的雾从地下涌出，那是云升起的地方。在那里，万物都没有影子，每个国家都悬在空中，等待合适的时机，好返回他们各自的大地。那些土地上将再次出现国家，飘扬起梦中的旗帜。在那一天到来之前，便是一片虚无的混沌、时光的泪海。在那一天到来之前，人、动物、植物、河流、山川都将被深不见底的空洞吞没。他们不会幻化为鬼魂或幽灵，因为那些是死亡之后继续存在的形式。他们并没有死去，而是转化成了非生物，变成影子，等着各自的主人。

　　——您听明白了吗，马西姆先生？

　　——差不多吧……

——*您看上去有些迷迷糊糊的。*

意大利人没有再回答。他站起身来，败军之将般垂头丧气。那就是他职业生涯的尽头了，理由充分。那一刻，我的父亲的无聊故事有些不合时宜。他自言自语道：

——*连魔鬼都想不到这些。*

——*你提到魔鬼，说对了。我给你解释一下……*

——*我不想再听任何解释。*

魔鬼可以解释得通。我们的土地喂肥了那些恶魔，很有可能，那个大洞就是上帝用来埋葬他们的。但是恶魔太多了，不得不挖掘一个深深的洞，比世界本身还要深。

意大利人根本不听了。他坐回地上，脑袋垂在两膝之间。过了一会儿，他喃喃自语：

——*我的报告……我该怎么写，我该怎么解释？*

——*朋友，别管那些了。瞧瞧我吧，我连骨头都没有了，消失了，我再也直不起身子了。可是，我都还没哭。*

我们都陷入了茫然，怔怔地望着那个空洞。突然，从深渊之上，出现了一叶独木舟。它飘在一片寂静中，悬浮在云雾里，在空气中载浮载沉。苏布里希奥的声音几不可闻，仿佛也被抽去了骨头：

——*是谁？*

没有回答。独木舟上没有人。那一叶小舟从雾中漂过来，靠在深渊边上。只有我探过身子，朝船上张望。我发现了一件出乎意料的礼物。

——爸爸，你的骨头在这儿！

他充满困惑，没有转过脸来。他背对着我，让我把骨头拿去给他看，随便哪块都行。我捡了一块最大的，送到他面前。他打量着那块骨头，没有伸手去碰。

——没错，是我的骨头。

我们帮他又把骨架子穿上了。他试探着做了一些动作，活动了一下关节和软骨。他的骨骼宛如新生，焕发着活力。他甚至开起了玩笑：

——这简直是丢了尾巴的牛赶不走苍蝇。

我的父亲走进了小舟，不知道他接收到了什么指示，像个机器人般顺从。独木舟摇摆着，仿佛飘荡在水面上。苏布里希奥伸出双臂，对白人说道：

——过来吧！

白人摇摇头，眼睛睁得像铜铃。我的父亲坚持着——他不想知道事情的真相了吗？

——过来，我指给你看，那些爆炸的士兵去了哪里。

外国人再三摇头，拒绝登船。我的心悬在半空，等着父亲叫我进入那只小船。

——你就待在那儿，儿子。

——可是，爸爸……

——待在那儿，我已经说了。你留下，告诉其他人，我们的世界发生了什么。我不想让外人来讲我们的故事。

独木舟渐行渐远，荡漾在一片虚空之上。远远望去，我觉得那不是一只船，而是一只鸟，是一只火烈鸟在飞往另一个世界，隐入了漫天的云雾。

寂静四合。过了一会儿，意大利人打开他曾经当枕头的那个口袋，取出一张纸、一支钢笔，郑重其事地写下了几行整整齐齐的文字。我从他悲伤的肩头望过去，想看看他在写些什么。他写下一个粗大的题目"最后的报告"，接下来，他写了全文：

尊敬的联合国秘书长阁下：

出于职责，我沉痛地向您报告，有一个国家整个消失了，非常奇怪，无法解释。我明白，这份报告将导致我从联合国顾问架构中被除名，但是我除了汇报实情，别无选择：这个面积不小的国家消失得一干二净，就像被魔法袭击了一样，不再拥有领土，也没有人，大地蒸发了，变成一个巨大的深渊。此刻，我正在这个深渊的边上

火烈鸟最后的飞翔

写这份报告，我身边，是这个国家的最后一名幸存者。

意大利人停了下来，颤抖的笔尖指向他脚边的深渊。央求我道：

——你再往下看一次。

——我已经看了一千次了。

——什么都没看到吗？

——没有。

——你看清底部了吗？

——根本就没有底。您最好亲自看一下。

——我不行，我恐高。

意大利人再次坐在了深渊的边上。有燕子从我们身边掠过，尾翼划过天空，它们并没有去地下的那个天空探险，那个天空比今天的日子还要崭新。

——我们该怎么做呢？

我问。

——等吧。

他的声音很平静，就像蕴含着古老的智慧。

——等谁？

——等另外一只船。

他停顿了一下，又改正了说法：

——等另外一只火烈鸟飞来。一定会有另外一只。

他抓起刚刚写完的给联合国的那份报告。他要做什么？只见他将纸页对折，又交叉折叠。他叠了一只纸鸟。他将作品精细地加工了一下，站起身来，将那只纸鸟掷向深渊。纸鸟在空中盘旋了一圈，滑翔起来，飘浮在那消失的大地上。随后，它缓缓地下降，仿佛惧怕坠入深渊的命运一般。

马西姆的脸上浮现出孩子般的微笑。我和他并肩坐下。第一次，我觉得意大利人和我就像来自同一片土地的兄弟。他望着我，似乎想读出我的心里话，猜出我的恐惧。

——一定还会再飞来一只的。

他重复着。

我接受了他的说法，仿佛他是我的兄长。我们一起凝望着深渊，等待着。我问自己，载着我的父亲的那叶小舟所开启的旅行，会不会就是火烈鸟最后的飞翔。即使是这样，我也安静地坐着。我在等另外一段时光。直到我听到了母亲的歌唱，正是她吟唱过的那首歌谣。在歌声里，火烈鸟推动着世界另一端的太阳。

米亚·科托在卡洛斯特·古本江基金会马里奥·安东尼奥奖颁发仪式上的讲话

2001年6月12日

　　1998年的夏天，我在莫桑比克南部的一个海滩上散步，拾到了一片飘飞的火烈鸟羽毛。当地的渔民告诉我，从前，海滩上栖息着成群结队的火烈鸟。然而，已经有一段日子，它们没有再返回那里了。

　　可是，那些渔民们还在期待着，有一天，那些纤细的天使能够乘风归来。根据那个地方的传统，火烈鸟是希望的永恒使者。

　　一阵突如其来的悲伤击中了我——会不会那些鸟儿永不归来了？如果所有海滩上的火烈鸟都被漫长的黑暗吞噬了呢？

　　我的心中怅然若失。不只是因为那种生物数量上的减少，是上天的信使永远离开了，那些传递天籁的精灵。

　　我把那根羽毛带回家，放在我的电脑上。在我写这部小说的两年时间里，那根羽毛静静注视着我，又仿佛是天空的一个罅隙，从那里，那些鸟儿们在神秘的旅途列队飞翔。

　　《火烈鸟最后的飞翔》讲述了一种糟糕的缺失——一块

257

火烈鸟最后的飞翔

土地的不完整性，权力的贪婪对希望的粗暴劫持。那些民族的劫掠者迫使我们——作家，负起更大的道德担当。作家应该拿起笔来，反对那些以任何事物、以所有人为代价去换取财富的不道德，反对那些双手沾满鲜血的人，反对欺骗、罪恶和恐惧，反对这所有的一切。

我对自己的土地和时代做了这个承诺，它引领着我创作了《火烈鸟最后的飞翔》和之前的一些小说。在所有这些作品里，我直面邪恶，创造出一片温情的土地，在那里，信仰有可能重生，我们的生命之殇有可能得以修复。

在《梦游的大地》中，文字最终与萨瓦纳草原的大地融为一体："一阵风，不是源于天空，而是来自大地深处，一页页的纸沿着道路飘零而去。就这样，我写下的每一个字、每一句话，终将变成沙砾。我所有的文字，也将一点一滴，化为大地的篇章。"

在《缅栀子树下的露台》中，叙述者最后化身为树木，以这种方式进入了永恒。

在该书的最后，主人公坐在峡谷边缘，将写满字的纸折成了纸鸟，并将其掷飞于最后的深渊之上，于是，在词语中，一切魔幻般地得以重启。

大地、树木、天空：正是在那些世界的边缘，我有了一种愈合的幻觉。那些文字汲取了大地的声音，流淌着植物的浆液，有时候让人梦到那些有着粉红翅膀的鸟。

面对战争的作俑者和灾难的制造者，这不算一个有力的回答，但是，我已尽我所能，我在其中投入了我的生命、我活着的时光。

最后，我以巫师泽卡·安多利尼奥的话来作结："我们就是淋了雨的木头。现在我们既不能用来生火，也不再拥有树荫了。我们必须在阳光下晒干。而那个太阳只能在我们身体里升起。"

我要感谢卡洛斯特·古本江基金会、诗人马里奥·安东尼奥，感谢我的父母——费尔南多和玛丽亚·德·耶稣、我的夫人帕德丽西亚、我的孩子们——达瓦尼、露西亚娜和丽达，还有我所有的家人；还要感谢若昂·若昂奇尼奥和若阿娜·坦贝、卡洛斯·卡多佐，以及感谢所有那些使我们的国家获得尊严的同胞们，感谢卡米尼奥出版社，感谢大家！感谢你们让我相信，安多利尼奥所说的那个太阳正在世界的另一端升起，相信我的祖国的渔民们终将欢庆火烈鸟的归来，相信会有一支永恒的羽毛，继续让那些正在书写和创造一个叫作"莫桑比克"的国度的人们为之心醉神迷。